Sabine Laerum

Wir vom Jahrgang 1969

Kindheit und Jugend

Alles Gute zum Geburtstag!

Bildnachweis:

Privatarchiv Sabine Laerum: S. 6, 8 9 o., 10, 12, 13, 14, 15, 16 o., 17, 18 u., 19, 20 o./u., 23, 25 u., 27, 30 o./u., 31 o./u., 32 o./u., 33, 34 l./r., 40, 41 l./r., 46, 47 o.l./r., 49, 51, 54, 56 u., 59, 61; Privatarchiv Rienäcker: S. 18 o., 52, 63; Privatarchiv Rickling/Tornau: S. 22, 36; Privatarchiv Lücke: S. 42/43, 47 u.;
(c) dpa: S. 7, picture alliance – United Archives: S. 9, (c) dpa – Sportreport: S. 24, picture alliance – KPA: S. 25 o.; ullstein bild – IVB-Report: S. 21, ullstein bild – Reick: S. 29, ullstein bild – Pilger-Feiler: S. 35, ullstein bild – Siemoneit: S. 44; ullstein bild – CARO/Maria Conradi: S. 48, ullstein bild – Wolfgang Wiese: S. 53, ullstein bild – Günter Schneider: S. 56 o., ullstein bild – Mehl: S. 58.

Wir danken allen Lizenzträgern für die freundliche Abdruckgenehmigung.
In Fällen, in denen es nicht gelang, Rechtsinhaber an Abbildungen zu ermitteln, bleiben Honoraransprüche gewahrt.

9. Auflage 2019

Gestaltung und Satz: r2 | Ravenstein, Verden
Druck: Druck- und Verlagshaus Thiele & Schwarz GmbH, Kassel
Buchbinderische Verarbeitung: Buchbinderei S. R. Büge, Celle

34281 Gudensberg-Gleichen • Im Wiesental 1
Telefon: 056 03/9 30 50 • www.wartberg-verlag.de
ISBN: 978-3-8313-3069-0

Vorwort

Liebe 69er!

Unser Geburtsjahr war ein Jahr der Gegensätze. Außenpolitisch beäugten sich misstrauisch die West- und Ostmächte in der Ära des Kalten Krieges, innenpolitisch rauften sich SPD und FDP unter der Ägide von Bundeskanzler Willy Brandt zusammen. Auch im Privatleben gab es Konträres: Auf dem Land trugen die Mütter Kittelschürzen, machten Früchte ein und blieben für uns zu Hause. In den Großstädten gewandeten sie sich in Flower-Power-Kleider mit psychedelischen Mustern, kauften Schrotmühlen und Sprossenzuchtanlagen, studierten oder arbeiteten und schickten uns in den Kinderladen.

Manche suchten damals Erfüllung in der sexuellen Revolution, andere fanden die freie Liebe indiskutabel. Grautöne hatten es schwer, man war entweder für oder gegen etwas. Extreme spiegelten sich auch im Lebensstil wider. So wuchsen wir in einer Welt mit wild gemusterten Fototapeten und Schlaghosen, braunem Cord und glitzernden Plateauschuhen auf. Sogar die Telefonapparate tauschten ihr Einheitsgrau in den 70er-Jahren in Orange, Gelb oder Grün.

In der Mitte der Wählscheibe steckte ein Papierschildchen, auf dem unsere Eltern die Nummern für Polizei und Feuerwehr notiert hatten. Die Notrufnummern sind bis heute gleich geblieben. Aber sonst hat sich vieles geändert und aus den Jahren der Gegensätze wurden Jahre des Umbruchs. Uns hat das flexibel gemacht: Wer nach dem Unglück von Tschernobyl jahrelang keine Pilze mehr aß, gegen das Waldsterben demonstrierte, Punker, Popper, Rocker oder Waver war, weiße Golf-Cabrios großartig fand, Dallas entgegenfieberte, Schlauchschal, Ohrenschützer oder Pluderhosen trug, den wirft so leicht nichts mehr um.

Sabine Laerum

Sabine Laerum

Wunschkinder im Pillenknick

Prüde Zeiten, wilde Zeiten

Als unsere Eltern zu Hause ausziehen wollten und sich eine gemeinsame Wohnung suchten, mussten sie dem Vermieter ihre Hochzeitsurkunde vorlegen – 1969 galt Sexualität außerhalb der Ehe als Unzucht. Wer Sex zwischen Nichtverheirateten ermöglichte, riskierte bis zu fünf Jahre Zuchthaus. Erst 1972 wurde der Kuppeleiparagraph abgeschafft – und mit ihm weitere 30 Gesetzestexte, die das Liebesleben der Deutschen regelten.

Doch auch wenn viele Gesetze in der Adenauer-Ära das Privatleben einengten, so kam in unserem Geburtsjahr zugleich auch die sexuelle Revolution voll in Gang. Ein Auslöser war, dass sich Frauen seit 1962 die Pille verschreiben lassen konnten. Allerdings verlief die sexuelle Revolution bei dem Durchschnittsdeutschen recht unspektakulär: Schmökerten junge Leute bisher heimlich in Aufklärungsbüchern, konnten sie jetzt Oswalt Kolles Aufklärungsfilme mit Titeln wie „Das Wunder der Liebe – Sexualität in der Ehe“ im Kino angucken oder die Serie „Liebesschule“ im Fernsehen verfolgen.

Ein Tabu war gebrochen, man war nicht mehr zum Schweigen über Schlafzimmerthemen verknurrt. Daraufhin tauchten die Themen Sexualität und Liebe denn auch immer öfter in Filmen, Werbung, Zeitschriften und öffentlichen Diskussionen auf – auch in der Kunstszene, als zum Beispiel John Lennon und Yoko Ono 1969 mit ihrem siebentägigen „Bed-in“ in Amsterdam für den Weltfrieden demonstrierten.

Chronik

23. März 1969
Beatle John Lennon und seine Frau Yoko Ono demonstrieren in Amsterdam mit einem siebentägigen „Bed-in“ für den Weltfrieden.

21. Juli 1969
Neil Armstrong betritt als erster Mensch den Mond.

15.–17. August 1969
Das „Woodstock Music and Art Festival“ wird der Höhepunkt der Flower-Power-Bewegung.

15. Oktober 1969
250 000 Menschen protestieren in Washington gegen den Vietnam-Krieg.

10. November 1969
In den USA geht die Vorschulserie „Sesamstraße“ das erste Mal auf Sendung.

10. April 1970
Die Beatles trennen sich.

19. Juni 1970
Das Wahlalter in der BRD wird von 21 auf 18 Jahre gesenkt.

29. November 1970
Der erste Tatort („Taxi nach Leipzig“) wird in Deutschland ausgestrahlt.

7. Dezember 1970
Bundeskanzler Willy Brandt kniet vor dem Denkmal für die Opfer des Warschauer Ghettos.

7. Februar 1971
In der Schweiz wird das Frauenwahlrecht eingeführt.

16. Februar 1971
Bundesinnenminister Hans-Dietrich Genscher ordnet an, dass alle unverheirateten weiblichen Berufstätigen in verantwortungsvoller Stellung mit „Frau“ statt „Fräulein“ anzureden sind.

3. Mai 1971
Walter Ulbricht tritt zurück. Erich Honecker übernimmt das Amt des Ersten Sekretärs des Zentralkomitees der SED.

10. Dezember 1971
Willy Brandt erhält den Friedensnobelpreis.

Wunschkinder im Pillenknick

Wer Ende der 60er-Jahre nicht die Pille nahm, hatte oft zu großen Respekt vor den künstlichen Hormonen, die damals noch sehr hoch dosiert wurden, oder wollte wirklich gerne Nachwuchs haben: Die meisten von uns können wohl davon ausgehen, Wunschkinder zu sein. Ansonsten trifft auf unsere Generation eines der hässlichsten deutschen Schlagworte zu: der Pillenknick. Denn nachdem durch die Pille verlässliche Familienplanung möglich war, sanken die Geburtenraten. Politiker machte dieser Trend schon damals

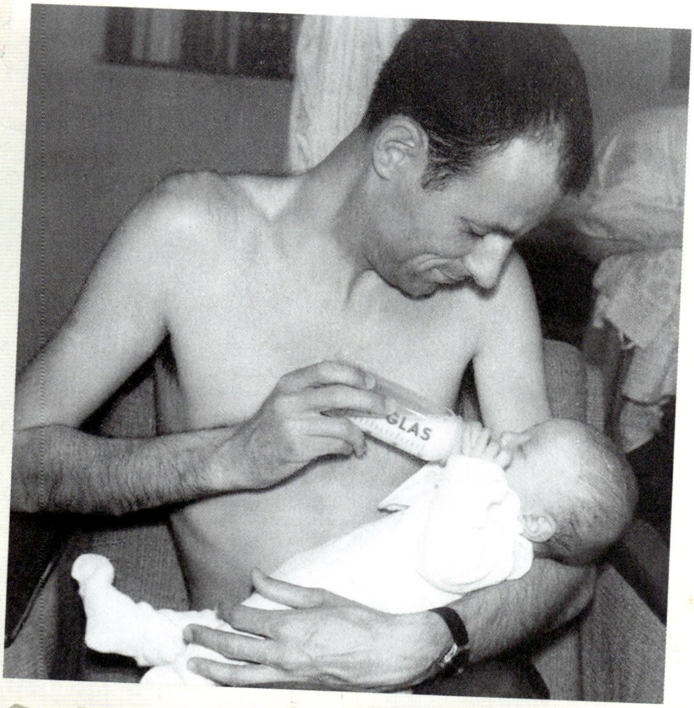

Gleichberechtigung wurde modern – auch beim Babyfüttern

nervös und so entdeckte die sozialdemokratisch geführte Koalition ihr Herz für die Familienpolitik. Ausdauernd diskutierte das Parlament Benachteiligungen von Frauen und Kindern. Und tatsächlich wurden nichttraditionelle Familienformen mehr und mehr akzeptiert, Alleinerziehende weniger schräg angesehen und stattdessen vom Staat mit Unterhaltsvorschuss und Haushaltsfreibetrag unterstützt. Schließlich wurden in unserem Geburtsjahr unehelich und ehelich geborene Kinder vor dem Gesetz gleichgestellt.

Die staatliche Förderung löste aber trotzdem keinen neuen „Babyboom" aus – im Jahr der ersten Mondlandung wurden in der Bundesrepublik nicht einmal eine Million Kinder geboren. Um genau zu sein hatten wir damals 903 455 Altersgenossen. Etwa 6,5 Prozent von uns erblickten dabei zu Hause das Licht der Welt. Diese Kinder hatten meist einen enormen Vorteil. Anders als Babys, die im Krankenhaus zur Welt kamen, wurden sie nicht unmittelbar nach dem ersten Schrei von ihren Müttern getrennt und ins Säuglingszimmer verfrachtet.

Mag die Gleichberechtigung ansonsten Fortschritte gemacht haben, Väter hatten bei unserer Geburt noch wenig zu melden. Sie mussten fast immer draußen warten. Die Krankenhausroutine ging vor und deshalb bekamen unsere Mütter uns auch nur alle zwei bis vier Stunden zum Füttern gebracht. Zugleich war das Stillen in den 60er-Jahren ziemlich aus der Mode gekommen. Vor allem, nachdem die Industrie dafür warb, dass Fertigmilch Muttermilch gleichwertig oder sogar überlegen sei.

Der Mann auf dem Mond

Im Sommer 1969 bekamen wir die größte Sensation des Jahres leider noch nicht bewusst mit: Neil Armstrong setzte am 20. Juli um 22:17 Uhr mit der Mondlandefähre „Eagle“ auf dem Mond auf. „Houston, Tranquillity Base here. The Eagle has landed“, sendete er an die Erde. Sechs Stunden später kletterte er in der Morgendämmerung des 21. Juli aus der Raumkapsel und betrat als erster Mensch den Mond. Legendär ist sein Ausruf „That's one small step for a man, one giant leap for mankind.“ 500 Millionen Menschen wohnten diesem Ereignis live vor den Fernsehbildschirmen bei. Die Begeisterung war so groß, dass anschließend Reisebüros Reservierungen für Mondreisen entgegennahmen.

Auf ins Marienkäferland

Zu Hause hatten die Isolationsstunden im Säuglingszimmer des Spitals ein Ende und wir waren übergangslos den feuchten Küssen des Familienrudels ausgesetzt, das ziemlich bald anrückte. Zu diesen Treffen nahmen Omas, Opas, Onkel und Tanten samt Nachwuchs Platz an einem dunkelbraun furnierten Holztisch oder auf der „guten“ Couch. Es war der Auftakt zu einer Reihe von Familienfesten zu Weihnachten, Taufen, goldenen Hochzeiten, Kommunionen oder Konfirmationen. Immer mit dabei: Sahne- und Buttercremetorten sowie große Kannen Kaffee, warmgehalten von buntgemusterten Plastikhauben. Und weil sich noch kein Mensch um Übergewicht, hohe Cholesterinwerte und Diabetes scherte, gab es eine große Schüssel Sahne zum Butterkuchen.

Uns war das alles natürlich noch egal. Wir wollten nichts, als in Ruhe an Mamas Brust oder am Milchfläschchen nuckeln und nach einem warmen Bad zufrieden in ein kuscheliges Handtuch mit Marienkäfer-Design eingemummelt werden. Neben Bären fand sich dieses Motiv ziemlich oft – auf Lätzchen,

Badetüchern, Bettwäsche und Waschlappen. Zudem waren Karos in Mode: Unsere älteren Geschwister trugen schottenrockartige kurze Röckchen mit weißen Kniestrümpfen, an den Fenstern hingen karierte Vorhänge, Tischdecken, Wolldecken und Jacken – alles war kariert.

Ansonsten waren unsere visuellen Sinneseindrücke in den ersten Lebensjahren ziemlich intensiv: An den Wänden klebten wild gemusterte Fototapeten, rosa Rollkragenpullover wurden mit orangefarbenem Jackett und einer braunen Cordhose mit Schlag kombiniert. Mit den bei Familienfeiern üblichen gefüllten Eiern, Käseigeln, Buletten und der Melonenbowle wurde unser Geschmackssinn zwar noch nicht verwöhnt, aber dafür wurde unser Hörsinn früh auf die unterschiedlichsten Frequenzen eingestimmt. Im Radio dudelten die Nummer-1-Hits unseres Geburtsjahres: Heintje säuselte „Heidschi Bumbeidschi", während Elvis „In the Ghetto" schnulzte und die Beatles „Ob-La-Di, Ob-La-Da" sangen.

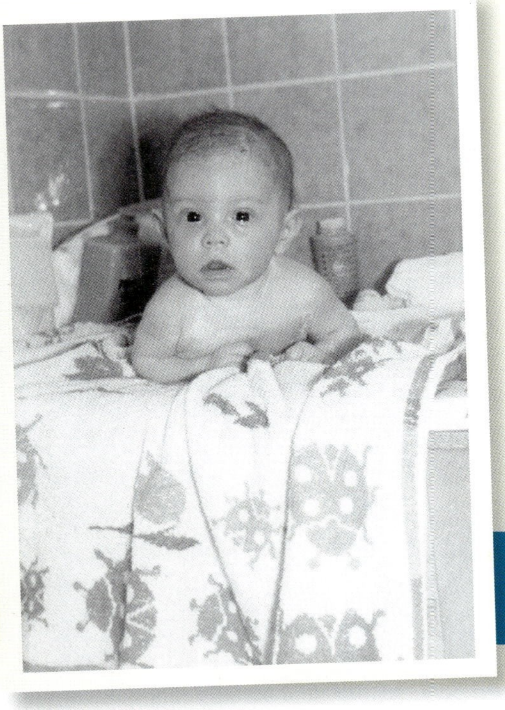

Design für die Kleinsten:
Glückskäfer auf dem Frotteetuch

Stoffwindeln und Waschmaschinen

Unsere Eltern wurden noch unter dem Motto großgezogen: „Schreien stärkt die Lungen". Uns traf dieses Relikt der schwarzen Pädagogik zum Glück nicht mehr so stark. Wenn wir krakeelten und nicht einschlafen konnten, wiegten Mama oder Papa uns stundenlang in den Armen oder fuhren mit uns eine Runde um den Block. Wurden wir dann in unser Bettchen gelegt, sah man uns kaum noch unter den aufgeplusterten Federdecken.

Rundum modern ging es wohl nur in wenigen Haushalten zu. Manchmal gab es Sterilisatoren für Schnuller und Fläschchen oder ein Funk-Babyphon. Normalerweise aber wurden die Utensilien für unsere Milch in kochendem Wasser sterilisiert und durch die halboffene Kinderzimmertür hörte man uns auch ohne technische Hilfsmittel mucksen. Pampers wurden erst 1973 eingeführt, darum trugen wir unter einer knisternden Überhose aus dünnem Kunststoff dicke Lagen aus Stoffwindeln, und der Po wurde jeweils nach dem Saubermachen mit Penatencreme, Öl und Puder betupft.

Flower-Power in Woodstock

Musik aus den USA war mehr als nur Unterhaltung, viele verbanden damit ein Lebensgefühl: Man war für den Frieden, Gleichberechtigung von Mann und Frau, antiautoritäre Erziehung, gegen den Vietnamkrieg und Hierarchien. Die Fans schmückten sich mit Blumen, machten „Sex, Drugs und Rock 'n' Roll" zu ihrer Lebensweise. Sie propagierten und praktizierten „freie Liebe unter freien Menschen", was eine heftige Provokation im prüden Amerika war. Das legendäre Musikfestival in der Nähe des Ortes Woodstock im Staat New York wurde Mitte August 1969 zum Höhepunkt der Flower-Power-Bewegung. Es regnete in Strömen, gab nicht genügend Toiletten und kaum zu essen und doch wurde das Konzert ein enormer Erfolg. 60 000 Besucher wurden erwartet, zwischen 400 000 und 500 000 Rockfans erschienen. Das Woodstock-Festival wurde ein Synonym für die Hippiegeneration, die eine kulturelle, gesellschaftliche und politische Erneuerung forderte.

Mit dem Kinderwagen unterwegs

Das Angebot an Kinderwagen war noch recht überschaubar. Die meisten Modelle hatten ein schickes, geschwungenes Fahrgestell aus Chrom und fuhren auf weißen oder grauen Gummireifen. Das Design des Liegedecks war schlicht: Zum Beispiel zierte es außen blauer, innen roter Samt und das Verdeck war mit weißer Spitze verziert. Auch die schlichte, rehbraune Cordvariante war nicht selten zu sehen, wobei das Innere des Liegedecks dann aus weißem, abwaschbarem Material mit Blümchenmotiv bestand. Sahen die Kinderwagen unaufdringlich aus, so fehlte es ihnen doch an Alltagstauglichkeit. Sperrig und groß waren sie, so dass es mühsam oder unmöglich war, sich damit durch die engen Türen von U-Bahnen oder Bussen zu quetschen.

Auch das Einkaufen mit Kinderwagen nötigte unseren Eltern Phantasie ab. Es gab nicht bei jedem Modell ein Gitter zwischen den Reifen, auf das Einkäufe hätten gelegt werden können. Meist baumelte am Haltegriff des Wagens zwar eine gehäkelte Tasche, ansonsten hingen die Waren mehr recht als schlecht am Griff oder lagen einfach neben uns mit auf der Liegefläche.

Welterkundung ohne Gitter

Gewaschen wurde meist einmal in der Woche. Verschlissene Stoffwindeln oder unsere Kleidung wurden nicht weggeworfen, sondern gestopft und geflickt. Um ihre eigene Wäsche zu schonen, trugen vor allem Frauen auf dem Land für verschiedene Arbeiten unterschiedliche Kittelschürzen: So gab es eine für die Gartenarbeit, eine zum Kochen, eine zum Einkaufen. Teilweise sahen die Schürzen fast aus wie Kleider – an den Armen hatten sie Flügel und um die Brust Volants.

Aber sobald wir krabbelnd die Welt erkunden konnten, blieb unseren Müttern kaum mehr Zeit, die jeweils passende Schürze anzuziehen, weil sie uns immerzu hinterhereilten. Vor uns war nichts mehr sicher. Wir purzelten Kellertreppen hinab, rüttelten an Bücherregalen, zogen braune Tonbänder aus den Spulen, robbten durchs Salatbeet und zogen uns an Regentonnen hoch.

Um etwas Ruhe vor unserem Entdeckerdrang zu haben, wurden manche von uns in den Laufstall gesetzt. Wer allerdings nur ein kleines bisschen antiautoritär angehauchte Eltern hatte, wurde nicht hinter Gitter gebracht. Diese Eltern betrachteten die praktische „Kinderaufbewahrung“ als psychisch schädigende Freiheitsberaubung.

Trimmy und der Schokoriegel-Test

Anfang der 70er-Jahre zeigte das deutsche Wirtschaftswunder ungesunde Begleiterscheinungen: Die Zahl der Übergewichtigen stieg massiv an, Herzinfarkte wurden häufiger.

Mit der Zeichentrickfigur „Trimmy“ in schwarzer Turnhose und nach oben gerecktem Daumen sowie dem Slogan „Trimm dich – durch Sport!“ sollten die Deutschen zu mehr Bewegung angesporNt werden. Idyllische Spazierwege wurden in Pfade voller Sportgerüste aus Holz verwandelt.

Die Kampagne wurde mit einem Etat von 218 000 Mark gestartet und lockte bereits vier Jahre später rund 8,5 Millionen Menschen auf die Trimm-dich-Pfade. Schade nur, dass mancherorts die teuren Geräte schnell zu vergammeln begannen – die Kassen vieler Kommunen waren zu leer, um sich den Luxus eines gepflegten Sportpfades zu leisten.

Willy Brandts Kniefall

Bundeskanzler Willy Brandt zeigte als Staatsmann selten Emotionen. Doch am 7. Dezember 1970 versagte er sich nicht, seine Erschütterung zuzugeben. „Uns schmerzt das Verlorene, und das leidgeprüfte polnische Volk wird unseren Schmerz respektieren", hatte er in seiner Fernsehansprache gesagt. Aber erst als er anschließend vor dem Denkmal für die Opfer des Warschauer Ghettos in die Knie sank, erreichte er die Herzen der Menschen und schlug so ein neues Kapitel deutscher Nachkriegsgeschichte auf. Dass er und der polnische Ministerpräsident Cyrankiewicz am selben Tag den Vertrag von Warschau besiegelten, verblasste angesichts dieser Geste fast. Dabei akzeptierte Deutschland mit dieser Vertragsunterzeichnung das erste Mal seit 50 Jahren die westliche Grenze Polens.

Glück im Sandkasten

Anstatt ein teures Planschbecken anzuschaffen, wurde der Waschzuber umfunktioniert; wenn keine Formen zum Sandkuchenbacken vorhanden waren, waren wir mit leeren Joghurtbechern zufrieden. Richtig phantasievolle Spielgeräte waren rar. Die kleineren öffentlichen Spielplätze bestanden meist aus Schaukel, Wippe, Sandkasten und vielleicht noch einer Wackelholzente, die auf eine große Spirale montiert war. Nur in größeren Parks begannen die Städteplaner allmählich aufzurüsten. Dann tat sich ein Spielparadies mit Klettergerüsten, ausgehöhlten Baumstämmen zum Durchkriechen, Wasserspielen, einem Trampolin, manchmal sogar einem kleinen Karussell oder einer Seilbahn auf.

Kuchen backen oder Spielkameraden mit Sand bewerfen – das ist hier die Frage

Unser Hauptkriterium für einen guten Spielplatz war in den ersten Jahren aber ohnehin der Sandkasten. Denn während wir drinnen mit Steckpuzzle aus Holz, Knete, Fingerfarbe, Bauklötzen, der Holzeisenbahn von Brio, Puppenwagen und Stofftieren spielten, waren wir draußen beim Sandkuchenbacken in unserem Element.

Jeans für alle – es lebe die Latzhose

Diese Prominenten wurden 1969 geboren

3. Jan.	***Michael Schumacher***, deutscher Formel-1-Rennfahrer
15. Jan.	***Meret Becker***, deutsche Schauspielerin und Sängerin
11. Feb.	***Jennifer Aniston***, US-amerikanische Schauspielerin
8. April	***Arabella Kiesbauer***, österreichische Fernsehmoderatorin
20. April	***Felix Baumgartner***, österreichischer Extremsportler
25. April	***Reneé Zellweger***, US-amerikanische Schauspielerin
7. Mai	***Marie Bäumer***, deutsche Schauspielerin
14. Mai	***Cate Blanchett***, australische Filmschauspielerin
14. Juni	***Stefanie Graf***, deutsche Tennisspielerin
15. Juni	***Oliver Kahn***, deutscher Fußball-Torwart
24. Juli	***Jennifer Lopez***, US-amerikanische Sängerin und Schauspielerin
21. Aug.	***Oliver Geissen***, deutscher Fernsehmoderator
25. Sep.	***Catherine Zeta-Jones***, britische Schauspielerin
27. Sep.	***Tanja Kinkel***, deutsche Schriftstellerin
22. Okt.	***Helmut Lotti***, belgischer Startenor
10. Nov.	***Jens Lehmann***, deutscher Fußballspieler
19. Nov.	***Richard Virenque***, französischer Radrennfahrer
21. Nov.	***Olivia Jones***, deutscher Travestie-Künstler
30. Dez.	***Jay Kay***, britischer Sänger der Popmusik-Gruppe Jamiroquai

Antiautoritäre Erziehung und Schrankwand

Auch wenn es nur für „Alle meine Entchen" reichte war musikalische Früherziehung ein Muss

Klecksen in Männerhemden

Von antiautoritären Maximen beeinflusst, waren die Zimmer in Kindergärten vor allem eines: praktisch eingerichtet und groß. Im Flur hatte jeder einen eigenen, mit Namensschild versehenen Haken für Jacke und Kindergartentäschchen. Darunter standen bei Regenwetter gelbe Gummistiefel mit blauer Bordüre, im Sommer Ledersandalen, oft mit Lochmuster. An der Wand im Spielzimmer hingen karierte Vorhänge, der Boden war mit Linoleum ausgelegt,

Chronik

27. April 1972
Das Misstrauensvotum gegen Willy Brandt scheitert.

17. Juni 1972
Ein Einbruch ins Watergate-Gebäude in Washington D.C. ist der Auslöser der Watergate-Affäre.

18. Juni 1972
Deutschland siegt in Brüssel 3:0 gegen das Team der Sowjetunion und wird Fußballeuropameister.

23. Juni 1972
Die Wehrpflicht wird in der BRD von 18 auf 15 Monate gesenkt.

5. September 1972
Palästinensische Terroristen verüben einen Anschlag auf die Olympischen Spiele in München.

10. Dezember 1972
Heinrich Böll erhält als erster Deutscher nach dem Krieg den Nobelpreis für Literatur.

8. Januar 1973
Die „Sesamstraße" wird das erste Mal von der ARD in Deutschland ausgestrahlt. Am 30. August 1973 folgt das ZDF mit der Serie „Rappelkiste".

25. November 1973
Die Deutschen erleben den ersten autofreien Sonntag. Im Dezember folgen zwei weitere.

17. Februar 1974
Die amerikanische Verlegertochter Patricia Hearst wird entführt. Zwei Monate später schließt sie sich den Kidnappern an und überfällt mit ihnen Banken.

24. April/ 6. Mai 1974
Willy Brandts Referent Günther Guillaume wird als DDR-Spitzel enttarnt. Der Kanzler tritt daraufhin am 6. Mai zurück.

16. Mai 1974
Der bisherige Finanzminister Helmut Schmidt wird zum neuen Bundeskanzler gewählt.

7. Juli 1974
Deutschland gewinnt die Fußballweltmeisterschaft mit einem 2:1-Sieg über die Niederlande.

Der unvollendete Prototyp für Raumschiff Enterprise als Steckspiel

in einer Ecke wartete das obligatorische Klavier auf seinen Einsatz für die musikalische Früherziehung. Kommoden und Regale waren mit bunter Folie beschichtet und die Schubladen hatten große, runde Knöpfe. Hier lagerten unsere Schätze: Legosteine und Brio-Holzeisenbahn, Webrahmen, Farbstifte, Knetgummi, Papier, Bastelsachen und Papas abgelegte Oberhemden. Sie sollten unsere rot-orange geringelten Pullover und die braunen Cordhosen vor Flecken schützen, wenn wir mit Fingerfarben herumklecksten. Allerdings rutschten die zu den Oberarmen aufgekrempelten Ärmel nach einer Weile fast immer bis zu den Handgelenken hinab. Darum bekam das Hemd beim Eintunken der Finger in den Farbtopf einen bunten, glitschig-nassen Rand, mit dem sich sehr gut der Tischnachbar beschmieren ließ.

Die Holzeisenbahn im Kindergarten war mindestens so robust wie unsere Cordhosen

Apfelsaft in muffigen Plastikflaschen

Frühstück im Kindergarten war immer ein Gruppenerlebnis. Alle Kinder setzten sich in einer großen Runde an Holztische und auf Stühlchen, die aussahen wie die heimischen Küchenmöbel in Miniaturausgabe. Die Finger waren schon vor dem Frühstück klebrig. Alle zückten jetzt ihre Brotdose, öffneten sie mit einem Plopp-Geräusch und fischten Leberwurstbrot, Apfelschnitze, Karotten oder Gurkenstückchen heraus. Selten hatte jemand einen Schokoriegel dabei. Aus der mitgebrachten Plastiktrinkflasche roch es muffig. Der lauwarme Hagebuttentee, den die Kindergärtnerin ausschenkte, war deswegen nicht die schlechteste Alternative. Aber Zähneputzen nach dem Essen? Fehlanzeige. Kariesbakterien hatten leichtes Spiel.

Unsere Eltern achteten noch längst nicht so penibel wie heute darauf, dass Kinder nach jeder Mahlzeit ihre Zähne ordentlich putzten. Am Abend kam „Blendi" zum Einsatz: Eine rosa Zahnpasta mit Himbeergeschmack, die wir aus der mit buntem Biberbild verzierten Tube quetschten. Wenn wir nach dem Zähneputzen heimlich Süßes naschten oder von den Eltern ein „Betthupferl" wie einen Keks, ein Bonbon oder einen Apfel bekamen, nutzte die Zahnhygiene reichlich wenig.

Eine Welt voller Käfer und Wackeldackel

Knatternd fuhr zur Mittagszeit das Symbol des Deutschen Wirtschaftswunders vor dem Kindergarten vor: In Himmelblau-Metallic, Beige, Grau, Orange, Lindgrün oder Knallrot reihten sich die VW Käfer aneinander. Vereinzelt parkte dazwischen ein Mercedes mit abgeknicktem Stern auf der Motorhaube. Die silberfarbenen, handtellergroßen Statussymbole tauchten später meist in den Verstecken älterer Geschwister oder Nachbarskinder wieder auf, die sie als Mutprobe abgebrochen hatten.

Egal welche Marke die Autos hatten, mit denen unsere Eltern vorfuhren – die Sitzbezüge sahen ähnlich aus. Gern waren sie aus karierten Stoffbezügen oder dickem, oft dunkelrotem oder beigefarbenem Kunststoff beschaffen. In den unzähligen, hineingestanzten Minilöchern blieben immer winzige Butterkeks-Krümel haften, die dann in die nackten Beine piksten. Im Sommer wurden die Sitze saunabankheiß. Wer ins Auto kletterte, wurde also zuerst vom muffigen Geruch des warmen Kunststoffes empfangen und klebte schließlich schweißnass am Bezug fest. Glücklich war, wessen Eltern ein VW Cabrio fuhren.

Besonders sicherheitsorientiert waren die Autos nicht gebaut. Kopfstützen gehörten nicht zur Standardausstattung, Sicherheitsgurte gab es zwar, aber nicht alle benutzten sie. Hinten schnallte sich keiner an und Kinder mussten immer hinten sitzen. Nur ganz allmählich wandelte sich das Denken und so schafften Eltern zwar nicht unbedingt einen der ersten Kindersitze, aber immerhin kleine Styroportischchen an, die mit dem Sicherheitsgurt vor dem Bauch befestigt wurden. Waren Kinder so tatsächlich sicherer angeschnallt? Zumindest quengelten sie auf langen Autofahrten weniger. Denn groß genug für ein Stück Papier zum Bemalen waren die Tischchen mit der Kunststoffoberfläche allemal.

Klein, bunt und rund:
der Wirtschaftswunderbeweis VW Käfer

Tragisches Olympia-Attentat

Eine Tragödie ereignete sich bei den Olympischen Spielen in München. Am Morgen des 5. September 1972 überfielen palästinensische Terroristen der Gruppe „Schwarzer September" das olympische Dorf und nahmen elf Athleten der israelischen Mannschaft als Geiseln. Zwei der Sportler töteten sie unmittelbar, um ihrer Forderung nach Freilassung von arabischen Häftlingen Nachdruck zu verleihen. Die israelische Regierung ging auf diese Erpressung nicht ein, die deutschen Behörden stellten den Geiselnehmern einen Hubschrauber zur Verfügung. Als die Terroristen damit fliehen wollten, eröffneten Scharfschützen der Polizei das Feuer. Dabei kamen alle Geiseln, fünf Terroristen sowie ein deutscher Polizist ums Leben. Nach einer großen Trauerfeier gingen die Olympischen Spiele weiter.

Kaulquappen fangen, Klingelstreiche machen, Chinakracher werfen – gemeinsam waren wir prima Nervensägen

Ein Hut, ein Stock, ein Regenschirm

Zu unserer Kindheit gehörten aufgeschürfte Knie und kleine Platzwunden. Wir fischten ohne Aufsicht Froschlaich aus Tümpeln, ließen die Beine in reißende Flüsse baumeln und bauten Baumhäuser im Wald. Aber gab es eine ödere Sonntagnachmittags-Beschäftigung, als mit den Eltern spazieren zu gehen? Kaum. Nörgeln war zwecklos. Im Herbst häuften wir buntes Laub zu Haufen auf und ließen uns hineinfallen. Im Winter nahmen wir den Schlitten mit, auch wenn der Schnee nur puderzuckerfein auf den Wiesen lag, ein wenig Rutschen ging immer. Im Sommer führte der Spaziergang vielleicht zu einem Bach, einem Weiher oder See. Während die Eltern dort Zeitung lasen, bauten wir aus Moos und Zweigen kleine Häuschen, ja ganze Dörfer. Wenn wir dann noch in einem Dorfgasthaus Jägerschnitzel oder Hähnchen mit Pommes frites essen durften, war die Welt perfekt. Schnell haben wir noch ein paar Zuckerstückchen eingesteckt und gehofft, dass am Wegesrand ein Pferd steht, das wir damit füttern könnten. Und hatten wir auf dem Spazierweg anfangs noch aus Protest getrödelt, brauchten wir für den Heimweg doppelt so lang, weil wir ausdauernd „Ein Hut, ein Stock, ein Regenschirm – vorwärts, rückwärts, seitwärts ran" spielten.

Waschzuber statt Planschbecken: Hauptsache, wir saßen nicht auf dem Trockenen

Schnell wie die Großen

1972 waren wir gerade zwei, drei Jahre alt, da kam das erste Bobbycar auf den Markt. Eigentlich war es als Lauflernhilfe für kleine Kinder gedacht, ein Stadium, über das wir längst hinaus waren. Aber wenn wir uns irgendwo einen feuerroten Plastikrutscher schnappen konnten, machten wir Erkundungsfahrten. Unseren Eltern muss das Rattern der Plastikräder auf dem Asphalt den letzten Nerv geraubt haben. Aber wir waren endlich ähnlich schnell unterwegs wie die großen Geschwister und Nachbarskinder mit ihren Rollschuhen, Tretrollern und Fahrrädern. Kaum hatten wir ein Gefühl dafür bekommen, wie lustig es ist, nicht immer im Schneckentempo hinter den anderen herlaufen zu müssen, wuchs unsere Sehnsucht nach flotteren Gefährten. Also montierten unsere Eltern Stützräder an unser Fahrrad. Und es dauerte nicht lang, da fühlten wir uns sicher genug und traten in die Pedale wie die Großen. Wer nicht gerade die allergrößte Nervensäge war, wurde von den älteren Kindern ins Schlepptau genommen und holperte mit ihnen über Stock und Stein.

Nur wer nicht nervte, wurde von den Großen ins Schlepptau genommen

Indianer, Matchboxautos und die Barbiekrise

Konnten wir in ein „echtes“ Indianerkostüm schlüpfen und noch dazu ein Schaukelpferd ergattern (zur Not „sattelten“ wir auch einen Besenstiel oder die Luft), waren wir für Stunden damit beschäftigt, Winnetou zu spielen und Cowboys zu besiegen, die über die Prärie galoppierten. Aber diese Spiele brauchten Platz. Weil der gerade bei Stadtkindern nicht immer zur Verfügung stand,

Statt mit Glasperlen wurden Kindergarten-Häuptlinge mit Cola-Lollis belohnt

hatten wir auch ein Faible für ruhigere Spiele. Wenn sich Zuschauer organisieren ließen oder jemand mitspielte, bauten wir unser Kasperltheater auf und ließen das Krokodil den Schutzmann fressen. Aber alleine machte Theaterspielen nicht so großen Spaß und dasselbe galt für den Kaufmannsladen und die Kinderpost. Für Puppen hatte auch nicht jeder etwas übrig. Der Spielspaß mit ihnen war spätestens dann verhunzt, wenn sich herausstellte, dass die abgeschnitten Puppenhaare nicht nachwuchsen. Obwohl uns ältere Kinder Stein und Bein darauf geschworen hatten. Bei Barbiepuppen war der misslungene Haarschnitt das größte Debakel. Denn ohne den Prinzessinnenschopf wirkte die dürre Blondine so langweilig, dass sie direkt in die Ecke geworfen wurde. Als mancher technisch interessierte Spielkamerad dann noch feststellte, dass eine Barbiepuppe sich nicht auseinanderbauen ließ, ohne dabei kaputtzugehen, gab es Tränen und Freundschaften wurden gekündigt. Kinder, die auf die unverwüstlichen Matchboxautos standen, hatten es da leichter. Selbst wenn die kleinen Flitzer hundert Mal gegen die Schrankwand krachten, fuhren sie danach noch tadellos.

Kleiner Schaffner, ganz groß

Sonntagsfahrverbot in der Ölkrise

Im Oktober 1973 drosselte die Organisation der Erdöl exportierenden Länder die Fördermenge um etwa fünf Prozent. Dadurch stieg der Preis für einen Barrel Erdöl (159 Liter) zunächst auf über fünf Dollar. Im Verlauf des nächsten Jahres waren es über zwölf Dollar. Der Grund für das Ölembargo: Die OPEC-Staaten Algerien, Irak, Katar, Kuwait, Libyen, Saudi-Arabien und die Vereinigten Arabischen Emirate setzten es als politisches Druckmittel gegen die westlichen Staaten ein, weil diese Israel im Jom-Kippur-Krieg gegen die arabischen Staaten unterstützt hatten. Die drastische Preiserhöhung löste eine Wirtschaftskrise aus. US-Präsident Nixon führte daraufhin ein Tempolimit ein, beschränkte den Treibstoff für Fluggesellschaften und verbot die Umstellung von Kohle- auf Ölheizung. In Europa wurde an vielen Tankstellen das Benzin knapp. Um Sprit zu sparen, blieben in Deutschland die Autos im November und Dezember sonntags in der Garage und eine Geschwindigkeitsbegrenzung wurde eingeführt. 1974 bezahlte Deutschland für Ölimporte rund 17 Milliarden DM mehr als im Jahr zuvor, worauf es zu einer Konjunkturkrise kam und das Wirtschaftswunder zu Ende ging. Erst als der Irak das Embargo brach, entspannte sich die Situation.

Playmobil, Elefantenspardosen und Weltspartag

Unsere ersten Zahnarztbesuche waren noch harmlos. Wenn in den Milchzähnen gebohrt werden musste, kitzelte das höchstens ein bisschen. Und nach der Untersuchung durften wir zur Belohnung etwas aus einem großen Glas voller kleiner Plastikfiguren fischen. Die Indianer, Cowboys, Dinosaurier oder Pferdchen konnte man prima mit ins Schaumbad nehmen. Konkurrenz bekamen diese Figuren 1974 von kantigen Plastikmännchen mit Topfhaarschnitt: Playmobil erblickte das Licht der Welt.

Wer schon Taschengeld bekam, investierte es aber selten in diese Figuren. Interessanter fanden wir Schleckkram wie Cola- und Kirschlollis oder den Schokoladenriegel Leckerschmecker.

In vielen Tante-Emma-Geschäften standen auf einer großen Verkaufstheke oder in einem Gestell neben der Kasse große, bauchige Gläser – gefüllt mit Schleckmuscheln, Gummitalern, kleinen Brausebonbons oder Cola-Lollis, die zwischen zwei und 10 Pfenning kosteten. Es war leicht, dem Ladenbesitzer auf die Nerven zu gehen, wenn wir uns mit unserem klebrigen 50-Pfennig-Stück in der Hand ewig vor der Theke herumdrückten, um schließlich unsere Mini-Bestellung aufzugeben und sie in einer spitzen Papiertüte in Empfang zu nehmen. Wenn wir von unserem Geld keine Süßigkeiten kauften, kam jeder Groschen in die vom Industriedesigner Luigi Colani entworfene Elefantenspardose aus Plastik, die wir bei unserer Bank bekommen hatten. Es gab sie in Klein oder Groß, in poppigem Orange, Gelb oder Laubfroschgrün. Und während sie das Jahr über einstaubte, brachten wir ihren klimpernden Inhalt feierlich am „Weltspartag" zur Bank und zahlten ihn auf ein Sparbuch ein.

Der gestiefelte Salamander

Plastikmöbel, Pril-Blumen, Plateau-Schuhe, Lavalampen – diese Konsumgüter lassen uns sofort an die 70er-Jahre denken. Hemmungslos kombinierten wir karierte Pullover mit gepunkteten Hosen oder grellorangefarbene T-Shirts mit rosa Röcken. Einzig bei der Schuhauswahl war so mancher eigen, da wurde am liebsten bei Salamander gekauft. Dieses Faible speiste sich bei unseren Eltern und uns allerdings aus unterschiedlichen Quellen. Die Erwachsenen fanden die bunten Bretter wichtig, auf denen unsere Füße jeweils vermessen wurden, denn die Schuhe sollten schließlich perfekt passen. Wir Kinder hatten nur eines im Sinn: Nach

Lurchi, stets gut beschuht

Egal ob Acryl oder Baumwolle – Hauptsache, unsere Kleider waren bunt

dem Schuhkauf reichte uns der Verkäufer ein neues Comic-Heft mit Lurchis Abenteuern über den Tresen. Der gelb-schwarze Salamander in Stiefeln und seine stets gut beschuhten Freunde erlebten harmlose Abenteuer und wir konnten zwar noch nicht lesen, aber Comics liebten wir. Umso mehr, als sie in den Augen mancher Eltern als pädagogisch minderwertiger Schund eingestuft wurden. Aber beim Schuhekaufen galten andere Regeln. Lurchi-Comics waren erlaubt, dem gesunden Fuß zuliebe.

Wohlstand vom Fließband

Anfang der 70er-Jahre eroberten die Farbfernseher die deutschen Wohnzimmer. Keiner sah auf der Mattscheibe mehr mausgrau aus, jetzt konnte man Fußballstar Günther Netzer bei „Was bin ich" im rosa Rollkragenpullover mit weiß-rot kariertem Jackett erleben. Als dann Rudi Carrell von 1974 bis 1979 auf dem Bildschirm erschien, präsentierte er den Deutschen mit seiner Sendung „Am laufenden Band" die Waren der Wohlstandsgesellschaft. 74 Prozent Einschaltquote hatte der Showmaster, der stets ein Hemd mit langem Kragen zu einem Anzug oder Smoking trug. Wir mussten zur Sendezeit zwar oft schon ins Bett, aber manchmal ließen unsere Eltern uns doch mitfiebern. Am Ende der Sendung setzte sich der Gewinner in einen überdimensionalen Korbstuhl und zählte auf, an welche Waren er sich erinnerte, die eine Minute lang auf einem Förderband an ihm vorbeigezogen waren. Mit dabei war auch jeweils das „Fragezeichen", hinter dem sich eine Überraschung verbarg. Alle Gegenstände, an die der vor Aufregung und Scheinwerferlicht schwitzende Kandidat sich noch erinnerte, durfte er mit nach Hause nehmen.

Deutschland kickt sich zum Sieg

1974 fand die Fußballweltmeisterschaft in Deutschland statt. Nach den Anschlägen auf das olympische Dorf in München zwei Jahre zuvor war die Angst vor terroristischen Attentaten groß. Die Mannschaften wurden daher ziemlich abgeschottet. Das Finale Deutschland gegen Holland war dann an Spannung kaum zu überbieten. Nach einem frühen Rückstand setzte Paul Breitner den Ausgleichstreffer und wenig später kickte Gerd Müller das Siegtor. Mit dabei waren auch Weltklassespieler wie Torwart Sepp Maier, Berti Vogts, Franz Beckenbauer und Ulli Hoeneß. Ein Missklang kam aber trotz aller Freude nach dem Spiel auf: Weil die Spielerfrauen nicht zum Bankett zugelassen waren, nahmen einige Spieler aus Solidarität nicht teil – unter ihnen auch Gerd Müller.

Harmlos-TV am Nachmittag

Bis wir etwa zwölf Jahre alt waren und die privaten Fernsehsender den Markt eroberten, gaben die öffentlich-rechtlichen Anstalten Sendezeiten vor, die heute undenkbar sind. Beginn: 16 Uhr, Schluss: 23 Uhr.

Unsere Fernsehzeit war der Nachmittag. Wickie war der Beste. Der Knirps war schlau und hatte auf dem Wikingerschiff stets die zündende Idee in kniffligen Situationen. Ab 1974 verformten sich die pastellfarbenen Mitglieder der Familie Barbapapa knetmassenähnlich, um ihre birnenförmige Normalform zum Beispiel in Schubkarren oder Brücken zu verwandeln. Zwei Jahre später flimmerte die Biene Maja über den Bildschirm und schenkte uns mit Karel Gotts Titelsong einen Ohrwurm. Ähnlich verhielt es sich mit dem Titellied der Rappelkiste, die ab 1973 gesendet wurde: „Ene, mene, miste, es rappelt in der Kiste. Ene, mene, meck und du bist weg!" Und wenn Ernie sich ratlos an seinen Kumpel wandte und fragte: „Du, Bert ...", sahen wir zu und sangen mit: „Wer, wie, was, wieso, weshalb, warum? Wer nicht fragt bleibt dumm. Tausend tolle Sachen, die gibt es überall zu sehen. Manchmal muss man fragen, um sie zu verstehen." Das war 1973, und selbst die größten Fernsehhasser unter den Eltern erlaubten uns ohne schlechtes Gewissen, den flauschigen Kerlen aus der Sesamstraße zuzugucken. Wenn das Krümelmonster nach Keksen rief und sie mit seinen blauen Pranken in

Unsere flauschigen Fernsehfreunde
trugen sogar ähnliche Klamotten wie wir

sich hineinstopfte, forderten wir auch etwas zum Naschen. Nur klappte die Krümelmonster-Strategie nicht. Es gab statt Schokolade Apfelschnitze und Karotten, statt Keksen Vollkornbrot und Milch. Manche von uns hatten Eltern, die diese gesundheitsfördernde Haltung auf alle Lebensbereiche ausdehnten: Sie besaßen überhaupt kein Fernsehgerät, denn sie waren überzeugt, dass Fernsehen unserer Entwicklung schade.

Schrankwände und Flokatis

Im Elternschlafzimmer der 70er-Jahre lagen auf dem Bett Überwurfdecken aus knisterndem Nylon. An den Fenstern hingen Vorhänge voller Rüschen. Vor dem Bett lag ein Flokati. Die modernen Betten hatten ein mit Stoff bezogenes Kopfteil, in die Radio und Lampen eingesetzt waren. Rechts und links standen Nachtkästchen. Ein Schrank mit Spiegelfront ergänzte das Ensemble. Im Wohnzimmer waren Schrankwände in Mode. Es gab sie in einer filigraneren Variante, die aus einem Stahlgestänge bestand, in das dunkelbraun furnierte Regalbretter und kleine Schränkchen eingehängt waren. Aber oft waren die Schrankwände wuchtig aus „Eiche rustikal" gefertigt. Mit diesen Möbelstücken sahen die Wohnzimmer hoffnungslos vollgestellt aus – vor allem dann, wenn neben die Schrankwand auch noch ein Dreisitzersofa mit Sessel plus Couchtisch sowie ein Esstisch mit sechs Stühlen gequetscht wurden. Auf dem Boden lag ein dicker Teppich, an den Fenstern hingen blickdichte Gardinen, ein Volant zierte die Gardinenleiste. Wer ländlich lebte, zog die Vorhänge zu. In Großstädten ließ man die Fenster auch mal unverhüllt.

Scheußlich schön: Wohnzimmerwand
aus Stahl und Furnier

Schneegleiter, Schule und Fahrtenschwimmer

Mit „Knax“ in der Badewanne

Es gab einen Waschlappen für „oben“ und einen für „unten“. Männer benutzten als Aftershave die Marke „Tabac“ und viele Frauen trugen Lockenwickler am Frühstückstisch, saßen beim Friseur unter Trockenhauben oder benutzten Brennscheren. Teilweise war noch das obligatorische Samstagsbad üblich. Dabei hatte zum Glück die Tradition ausgedient, dass sich alle Familienmitglieder nacheinander in ein und demselben Badewasser wuschen.

Uns Kindern hätte das nichts ausgemacht. Wir badeten gern mit anderen zusammen – manchmal mit den Eltern, aber meist mit den Geschwistern oder auch mit Freunden, die gerade zu Gast waren. Am liebsten waren uns riesige Schaumberge, aus denen wir Tunnel, Kanäle, Gräben und Hügel formten. Sobald wir lesen und schreiben konnten, schrieben wir uns gegenseitig

Chronik

1. Januar 1975
In der Bundesrepublik wird das Volljährigkeitsalter von 21 auf 18 Jahre herabgesetzt.

30. April 1975
Mit der Besetzung Saigons durch Truppen des Vietcong endet der seit 1955 andauernde Vietnamkrieg.

8.–12. Juli 1975
Als erster israelischer Regierungschef besucht Ministerpräsident Yitzhak Rabin (1922–1995) die Bundesrepublik Deutschland und Westberlin.

16. November 1976
Liedermacher Wolf Biermann wird während seiner Tournee durch die Bundesrepublik aus der DDR ausgebürgert.

14. Dezember 1976
Millionenerbe Richard Oetker wird entführt. Der Täter erbeutet 21 Millionen Mark, versteckt sie, wird aber dann gefasst. Nach der Haft ist das Geld ungültig geworden.

9. Oktober 1977
Der Journalist Günter Wallraff veröffentlicht sein Buch „Der Aufmacher", in dem er die journalistische Praxis der Bild-Zeitung beschreibt.

18. Oktober 1977
Die RAF-Terroristen Andreas Baader, Gudrun Ensslin und Jan-Carl Raspe nehmen sich im Gefängnis das Leben.

19. Oktober 1977
Sechs Wochen nach seiner Entführung durch die RAF wird Arbeitgeberpräsident Hanns Martin Schleyer im französischen Mulhouse ermordet aufgefunden.

20. Januar 1978
In Deutschland wird der letzte VW Käfer gebaut.

26. Juli 1978
Luise Brown, das erste künstlich gezeugte Kind, kommt in London auf die Welt.

28. September 1978
Nach nur 34-tägiger Amtszeit stirbt Papst Johannes Paul I.

16. Oktober 1978
Der polnische Kardinal Karol Wojtyla wird zum neuen Papst gewählt.

Nach dem gemeinsamen Bad stand der Fußboden unter Wasser

Buchstaben auf den Rücken und errieten sie. Manchmal lasen wir im Wasser unsere „Knax"-Hefte, die wir uns in der Sparkasse holten oder das Apotheken-Blatt „Medi & Zini" – immer darauf bedacht, dass das Tierposter nicht nass wurde.

Schneegleiter für eisige Zeiten

Wir liebten Wasser in allen Aggregatszuständen, vor allem aber als Schnee und Eis. Wenn die Straßen verschneit oder dick vereist waren, holten wir die Schneegleiter raus. Diese Metalluntersätze schnallte man mit Lederriemen um die Schuhe und konnte dann auf ihrer glatten Unterseite ziemliches Tempo beim Schlittern bekommen. Es war uns egal, wenn unsere Lippen sich im Winter blau vor Frost färbten und unsere Hände sich anfühlten wie Eiszapfen. Und so wie wir uns im Sommer Wiesenabhänge hinabrollen ließen, bis sich die ganze Welt zu drehen schien, wollten wir im Winter in unseren Schneeanzügen jeden noch so kleinen Hügel hinunterrutschen, sobald er nur ein kleines bisschen mit Schnee bepudert war. Zur Not taten wir das auf dem Hosenboden, aber eine Rodelpartie mit einem Holzschlitten (oder in späteren Jahren mit einer knallroten Plastikschale) machte natürlich viel mehr Spaß. Doch nicht alle Winter waren in unserer Kindheit so schneereich wie der von 1974/1975. Damals kamen solche Schneemassen vom Himmel, dass es im normalerweise verregneten Hamburg ein paar Tage lang möglich war, ein Iglu zu bauen. Solche Chancen gab es selten, wenn wir nicht gerade in Schneegebieten wie Bayern, dem Fichtelgebirge oder im Schwarzwald aufwuchsen.

Computer als Bausatz

Im Jahr 1975 kam der erste Personalcomputer auf den Markt und verkaufte sich in den folgenden Monaten weit besser, als sein Erfinder, der Amerikaner Ed Roberts, sich hätte träumen lassen. Gerechnet hatte er damit, etwa 800 Stück von seinem „Altair 8800" loszuwerden, aber es wurden weit mehr. Das Gerät hatte gerade mal 256 Bytes Arbeitsspeicher und einen 8-Bit-Mikroprozessor und musste als Bausatz zu Hause zusammengesteckt werden. Ed Roberts wurde vermögend und verwirklichte sich daraufhin seinen Lebenstraum: Er studierte und wurde Landarzt. Dass mit dem Altair 8800 der Startschuss für einen Siegeszug des Computers gegeben war, spürten auch Bill Gates und Paul Allen. Sie gründeten 1976 die Firma Microsoft.

Slalom auf ratschenden Rollschuhen

Wir wollten fast alle ein Bonanza-Fahrrad mit Bananensattel und Gangschaltung in der Mitte haben, aber nur wenige bekamen es. Und weil wir alle schon früh etwas für schnelle Untersätze übrig hatten, haben wir auch unsere Rollschuhe geliebt. Anders als mit dem Fahrrad kam man damit gut auf einem Bürgersteig voller Menschen voran oder konnte Slalomrennen machen. Unsere ersten Rollschuhe waren denkbar einfach gefertigt. Ihre Sohle bestand aus einer einfachen, aber stabilen Metallschiene auf vier Rollen, die sich je nach Fußgröße mit einem kleinen Flügelschlüssel länger oder kürzer stellen ließ. Weil nicht jeder Rollschuhe besaß, trugen manche Kinder diesen Schlüssel an einer Schnur um den Hals bei sich, so dass wir ihre Rollschuhe verstellen und abwechselnd benutzen konnten. An der Ferse und an der Fußspitze waren die Metallschienen mit Lederkäppchen versehen. Während das Leder bei Stürzen meist heil blieb, kann man das von unseren Knien nicht sagen und auch in unseren Händen steckten oft winzige Schottersteinsplitter. Unsere Eltern machten sich um unsere Gesundheit trotzdem wenig Sorgen. Schließlich waren Impfungen in unserer Generation üblich. Und so hatten die meisten von uns eine Tetanusspritze in den Po bekommen.

Bonanza-Räder waren cool. Den „Fahrrad-Führerschein“ bekam man aber auch auf gewöhnlichen Drahteseln

Seepferdchen und Badekappen

Wenn endlich der Sommer kam, war es unser Liebstes, schwimmen zu gehen. Kaum einer von uns hatte es nicht gelernt: Wir machten das Seepferdchen-Abzeichen und den Fahrtenschwimmer. In Hallen- oder Freibädern herrschte Badekappenpflicht. Man konnte zwischen zwei Übeln wählen: Entweder man trug eine Kappe aus hauchdünnem Gummi, die so eng anlag, dass man sie kaum über den Kopf streifen konnte. Wenn man seine eigene Badekappe nicht dabei hatte, konnte man dieses Modell für etwa eine Mark an der Kasse kaufen. Die Kappe sah zwar schnittig aus, ziepte aber schrecklich. Das Alternativmodell war aus dickem, genopptem Gummi gefertigt und an den Seiten mit labbrigen Plastikblumen verziert.

Wenn wir schwimmen gingen, mussten wir uns an Regeln halten. Erstens: Nach dem Essen durfte man eine halbe Stunde nicht ins Wasser. Zweitens: Wer sich seine Schwimmsachen an- oder auszog, ging dafür entweder in eine

Großartig: Schwimmen, bis die Lippen blau waren und danach in der Sonne schmökern

Die lästigen Badekappen waren Pflicht

Kabine oder zog sich einen eigens mitgebrachten Umhang aus Frotteestoff über, in dessen Mitte ein Schlupfloch für den Kopf war. Zur Not tat es auch ein um den Körper gewickeltes Handtuch. Drittens: Wem der Magen knurrte – und das tat er, sobald wir das Wasser von weitem sahen – musste mit den mitgebrachten Stullen vorliebnehmen. Gab es einen Kiosk, brauchten unsere Eltern Nerven wie breite Bandnudeln, um unser Quengeln nach Eis und Pommes zu ertragen. Abgesehen von den Leckereien am Kiosk, war Schwimmengehen im Hallen- oder Freibad aber längst nicht so schön wie das Abtauchen in einem abgelegenen See. Denn alles, was wir liebten, war in den öffentlichen Bädern verboten: Vom Beckenrand springen, andere untertauchen, wetttauchen und planschen, bis das Wasser schäumt. Irgendwann pfiff uns der Bademeister zur Ordnung. Am See gab es keine Bademeister.

Fiese Brillen, skurrile Bärte

Familienausflüge wurden oft von Mutter oder Vater mit der Super-8-Kamera festgehalten und später im abgedunkelten Wohnzimmer immer wieder angeguckt. So richtig unterhaltsam waren diese Abende nicht. Erst dauerte es ewig, bis das Abspielgerät und die Dia-Leinwand aufgebaut waren und dann mussten während der Vorführung permanent die Filmrollen ausgewechselt werden, weil ihre Spieldauer nur wenige Minuten lang war.

Auch manche Gespräche wurden auf Tonbändern aufgenommen, die unsere Väter dann zu jeder unpassenden Gelegenheit auf ihren großen, grauen Tonbandgeräten abspielten.

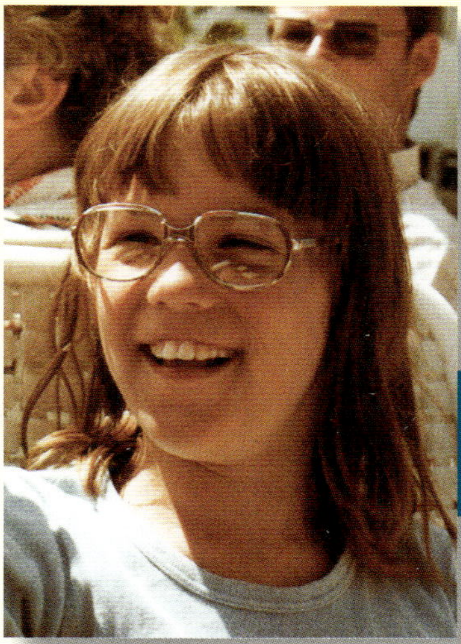

Die Brillen aus den 70ern (oben) standen denen aus den 60ern (unten) an Hässlichkeit in nichts nach. Kein Wunder, wenn man mit diesen Nasenfahrrädern als Brillenschlange galt

Viele Männer trugen damals penibel in Form gebrachte Bärte und außerdem setzte sich der Trend zur hässlichen Brille fort. Selbst wir Kinder wurden nicht verschont von oft riesengroßen Nasenfahrrädern.

Unvergesslich:
Haarige Bartrahmen für Männergesichter

Wilde Muster in Orange, Braun und Grün

Die ästhetischen Werte der 70er-Jahre waren in manchen Bereichen etwas eigentümlich.

Gebrauchsgegenstände wurden oft nach ganz anderen Kriterien als nach ihrem Aussehen angeschafft: Sie mussten vor allem praktisch und preiswert sein – ein spezielles Design war zweitrangig. Kaum jemand hat sich zum Beispiel den Kopf über eine besondere Optik von Kindermöbeln zerbrochen. Hauptsache, sie waren robust, nicht zu teuer, hielten einige Jahre und konnten vielleicht sogar noch jüngeren Geschwistern vererbt werden.

Dafür konnte man alles, was die Wohnung schmücken sollte, nur schwer in schlichten Farben erstehen, selbst wenn man gewollt hätte. Nahezu alles war gemustert. Tapeten, Vorhänge, Bett-, Sofa- und Kissenbezüge,

Farbenfrohe 70er: Grüne Kacheln zu orange gemusterter Tapete und mittendrin kunterbunte Kinder

Wolldecken und Handtücher waren in Orange, Rot, Braun und Beige gemustert. Aber auch Moosgrün spielte eine Rolle – zum Beispiel, wenn Badezimmer oder Küche neu gefliest werden sollten. Doch egal welche Farbe die Wandkacheln hatten – wir schmückten sie (und alle Küchenschränke) mit Pril-Blumen. Sorgsam knibbelten wir die Plastikaufkleber von den Geschirrspülflaschen ab und kannten alle den Slogan „Strahlender Glanz ohne Abtrocknen".

Lametta hat zum Glück nicht zu der Tapete gepasst

Schulbeginn und Eins mit Sternchen

Der erste Schultag brachte uns in eine neue Welt, die sich ziemlich gut anließ. Zwar mussten wir uns zur Feier des Tages „fein" anziehen und stillhalten, wenn wir anschließend geknipst wurden in unseren Blusen mit Rüschen und Puffärmeln oder den blumigen, gepunkteten oder geringelten T-Shirts, die wir zu Cordröcken und Hosen mit Kniestrümpfen kombinierten.

Immerhin wurden wir aber großzügig für unsere Geduld entschädigt, denn unsere Eltern legten uns an diesem besonderen Tag eine üppig gefüllte Schultüte in den Arm. Darin fanden sich praktische Dinge wie Federmäppchen und Schreibhefte. Manche verstauten diese Dinge in ihren leichten Scout-Ranzen, die im Jahr unserer Einschulung auf den Markt kamen, aber die meisten von uns sortierten alles in ihre Lederranzen, deren Verschluss ein reflektierendes Katzenauge zierte. Bei uns allen aber ragten neben den praktischen Schulsachen auch jede Menge an Süßigkeiten aus der Schultüte. Denn obwohl wir in den Kindergarten immer furchtbar gesunde Dinge mitbekommen hatten, machten sich unsere Eltern bei der Einschulung keine Gedanken darüber, ob ihre Kinder zu dick werden und Karies bekommen. An diesem Ehrentag

Schultaschen mit Kuhfell
waren eine Rarität …

… auch wenn Scout-Ranzen
im Trend lagen

packten sie uns statt Energieriegel und Obst Schokolade und Bonbons ein. So standen wir also mit unseren Tüten im Arm ziemlich verdruckst im Klassenzimmer. Damit unsere Ängstlichkeit nicht ganz so auffiel, kramten wir verstohlen in unseren Sachen und warfen heimlich einen Seitenblick auf die anderen Kinder. Manche kannte man schon aus dem Kindergarten oder aus der Nachbarschaft, andere waren fremd. Aber selbst diejenigen, die mit ihren Freunden in dieselbe Klasse eingeschult wurden oder für ihr mutiges Naturell bekannt waren, blickten scheu auf ihre Füße. Gefreut hatten wir uns wohl trotzdem alle auf diesen Tag, schließlich spürten wir, dass ein Leben als Schulkind etwas damit zu tun hatte, ernster genommen zu werden. Doch dass dann auch gewisse (nicht immer angenehme) Regeln eingehalten werden mussten, dämmerte uns schnell. Stillsitzen und nicht herumlaufen. Hausaufgaben machen. Nicht hineinrufen und andere ausreden lassen. Manchmal vor der Klasse stehen und ein Gedicht vortragen müssen. Wer allerdings eine Aufgabe besonders gut erledigte, bekam dafür ein goldenes Sternchen in sein Schulheft geklebt – „Eins mit Auszeichnung“. War die Leistung nicht ganz so hervorragend, aber immerhin noch lobenswert, fiel immerhin noch ein silberner Stern ab. Manche Lehrer verschenkten sogar Klebeoblaten mit kleinen Figuren. Vielleicht konnten sich deshalb so viele Mädchen später für Sarah-Kay-Sammelbilder begeistern, die irgendwie aussahen wie eine amerikanische Version der Hummel-Figuren. Stundenlang waren die Sammler mit dem Sortieren und Einkleben der pastellfarbenen Bilder beschäftigt, auf denen kleine Jungs und Mädchen händchenhaltend durch die Prärie stapften und sich gegenseitig Blumen schenkten. Am liebsten hätten sich die Sarah-Kay-Freunde noch so angezogen wie die Kunstfiguren aus Papier: Die Mädchen trugen Hängekleidchen und Klumpstiefel, die Jungs ausgefranste Hosen und Strohhüte.

In der großen Pause Gummitwist

Die große Pause dauerte in der Grundschule zwischen 15 und 30 Minuten und wir hatten jeweils ziemlich viel zu tun in dieser kurzen Zeit. Zunächst galt es, entweder sein mitgebrachtes Pausenbrot zu essen oder mit jemandem zu

Wann ist endlich große Pause?

tauschen, der einen interessanteren Belag auf seiner Stulle hatte. Besser als alles, was wir in unserer Schultasche fanden, war immer das, was der Hausmeister anbot. Vanille- oder Schokoladenmilch, manchmal auch dreieckige Sunkistpäckchen mit Orangensaft, Laugengebäck oder Mohrenkopfbrötchen. Das Geld für eine Vanillemilch wurde einmal im Monat vom Lehrer eingesammelt, damit jeder von uns täglich seine Portion Milch bekam.

Sobald wir also die Sache mit der Milch und dem Pausenbrot geregelt hatten, jagten wir uns entweder über den Schulhof oder versammelten uns zum Gummitwistspielen. Die Jungs zogen den Mädchen an den Haaren oder verwandelten sich in kleine Beckenbauers. Alle zusammen spielten „Schwarzer Mann". Solche Gruppenspiele hatten einen großen Vorteil: Es wurden keine Mannschaften gewählt. Das nämlich war im Turnunterricht für alle unsportlichen Kinder eine Tortur. Nichts war schlimmer, als auf dem Bänkchen zu hocken und als Letzter in eine Mannschaft gewählt zu werden. Vor allem weil die „Mannschaftskapitäne" währenddessen die ganze Zeit lautstark bekniet wurden: „Nimm bloß nicht Olaf, nimm Katrin, die ist schnell!"

Spatzen im Poesiealbum

Irgendwann begann das erste zarte Anbandeln mit dem anderen Geschlecht. Die Jungs zogen den Mädchen, die ihnen gefielen, die Stühle weg und klebten ihnen Kaugummi ins Haar, die Mädchen gaben ihre Poesiealben ausgewählten Jungs, Freundinnen, Familienmitgliedern und Lehrern. Andererseits war die Versuchung auch groß, den Kreis der Auserwählten nicht nach allzu strengen Kriterien auszusuchen. Schließlich sollte sich das Album schnell füllen und so

Wer beim Schreiben patzte, benutzte Tintenkiller

zum Beweis unserer Beliebtheit werden. Um zu verhindern, dass jemand seine mangelnden Rechtschreibkenntnisse verbarg, indem er die verhunzte Seite aus dem Album riss und den Text neu schrieb, stand gleich vorne eine Ermahnung im Poesiealbum: „Wer in dieses Büchlein schreibt, den bitte ich um Sauberkeit. Und reißt mir keine Blätter raus, sonst ist's mit unserer Freundschaft aus!“, prangte auf der ersten Seite. Auf der letzten fand sich der Satz: „Ich habe mich hier angewurzelt, damit niemand aus dem Album purzelt.“

Die „Autoren“ verzierten ihre Texte mit mindestens einer Zeichnung. Beliebt war es auch, Abziehbilder oder Oblaten hineinzukleben. Selbst Mathematiklehrer bemühten sich, Dichter zu zitieren, zum Beispiel Erich Kästner mit seinem „Nie darfst du so tief sinken, den Kakao, durch den man dich zieht, auch noch zu trinken“. Unsere Klassenkameraden wählten weniger literarische Texte aus wie: „Lebe lustig, lebe froh, wie der Spatz im Haferstroh“ oder „Mach es wie die Sonnenuhr, zähl' die heiteren Stunden nur“.

Der Deutsche Herbst

Die Bezeichnung „Deutscher Herbst“ hört sich lieblich an, meint aber eine Reihe von terroristischen Anschlägen der „Roten Armee Fraktion“ (RAF), die eine der größten innenpolitischen Krisen der BRD auslösten. So wurde Generalbundesanwalt Siegfried Buback ermordet, ebenso wie der Vorstandsvorsitzende der Dresdner Bank, Jürgen Ponto. Im Oktober 1977 entführte die Organisation zudem gemeinsam mit der PFLP (Volksfront zur Befreiung Palästinas) die Lufthansamaschine „Landshut“ auf ihrem Weg von Frankfurt nach Mallorca. Die Entführer zwangen den Piloten, das somalische Mogadischu anzufliegen, forderten 15 Millionen Dollar Lösegeld sowie die Freilassung zweier palästinensischer Häftlinge. Ein Spezialkommando der deutschen Grenzschutzgruppe GSG 9 stürmte innerhalb von sieben Minuten nach der Landung das Flugzeug und befreite die Geiseln. Drei Terroristen starben bei diesem erstmaligen Einsatz der Spezialtruppe im Kampf gegen den Terror. Einige Stunden später wurden die in Stuttgart-Stammheim inhaftierten RAF-Terroristen Andreas Baader, Gudrun Ensslin und Jan-Carl Raspe tot aufgefunden. Am darauf folgenden Tag, dem 19. Oktober, lag Arbeitgeberpräsident Hanns Martin Schleyer, der am 5. September 1977 gekidnappt worden war, tot im Kofferraum eines Autos. Die Bundesregierung lancierte daraufhin 1978 ein neues Anti-Terror-Gesetz.

Slime und Würfelitis, erste Liebe und dicke Freundschaften

Als Tuwörter zu Verben wurden

Als wir von der Grundschule in eine weiterführende Schule wechselten, hörten Nettigkeiten wie die Eins mit Auszeichnung auf. Die Klassen waren größer und wir kannten nur wenige der anderen Kinder, die genauso unsicher wie wir das neue Klassenzimmer betraten. Das spielerische Lernen war vorbei, wir spürten, dass wir uns fortan mehr würden anstrengen müssten, denn hier ging es in erster Linie um gute Noten. Einen Vorgeschmack darauf, was das bedeutete, hatten manche von uns schon in der vierten Klasse bekommen: In Bayern mussten Kinder in einer besonderen Prüfung einen Notendurchschnitt von mindestens 2,0 haben, um sich für das Gymnasium zu qualifizieren. Und es herrschten auch darüber hinaus andere Regeln. So war es in manchen Grundschulen möglich, uns mit einer Ohrfeige oder einer „Kopfnuss" zu bestrafen.

Chronik

10. Dezember 1979
Mutter Theresa bekommt den Friedensnobelpreis.

27. Dezember 1979
Russische Truppen besetzen die afghanische Hauptstadt Kabul.

13. Januar 1980
Die Partei „Die Grünen“ wird gegründet.

22. Juni 1980
Deutschland wird zum zweiten Mal Fußballeuropameister. In Rom besiegt das deutsche Team die Belgier mit 2:1.

22. September 1980
Irakische Truppen marschieren in den Iran ein und lösen so den ersten Golfkrieg aus.

26. September 1980
Bei einem Bombenanschlag auf dem Münchner Oktoberfest werden 13 Menschen getötet und 219 verletzt.

8. Dezember 1980
Ex-Beatle John Lennon wird vor seinem Haus in New York erschossen.

13. Mai 1981
Papst Johannes Paul II. wird bei einer Audienz in Rom angeschossen und schwer verletzt.

29. Juli 1981
Der britische Thronfolger Prinz Charles und Lady Diana Spencer geben sich das Jawort.

31. Dezember 1981
In den USA diagnostizieren Ärzte erste Fälle der Immunschwächekrankheit AIDS (Acquired Immune Deficiency Syndrome).

16. April 1982
Das erste künstlich gezeugte Baby kommt in Erlangen zur Welt.

24. April 1982
Mit dem Titel „Ein bisschen Frieden“ gewinnt die Sängerin Nicole den „Grand Prix Eurovision de la Chanson“.

1. Oktober 1982
Nach einem Misstrauensvotum gegen Helmut Schmidt wird Helmut Kohl neuer Bundeskanzler.

Damit die Lehrer das durften, mussten die Eltern einwilligen, das machte die Sache nicht besser.

Die Veränderungen beim Schulwechsel trafen wohl am stärksten diejenigen Kinder, die den Übertritt ins Gymnasium schafften. Dort hießen Tuwörter plötzlich Verben und Hauptwörter Nomen. Die Anzahl der Fächer nahm zu, allein schon durch die Physik- und Englischstunden. Und für jedes Fach hatten wir einen anderen Lehrer. Es gab auch nicht mehr nur ein Klassenzimmer, sondern wir wurden zu „Wanderklassen“. Für den Englischunterricht gingen wir ins Sprachlabor, für Chemie und Physik in Räume, in denen sich an allen Tischen der Bunsenbrenner anschließen oder ein Stromkreis basteln ließ.

„Willst du mit mir gehen?“

Als wir etwa zwölf, dreizehn Jahre alt waren, trafen wir uns auf dem Rummelplatz am Autoskooter oder feierten Schulpartys. Heimlich schmachteten wir dabei Jungs oder Mädchen aus anderen Klassen an. Die ganz Mutigen hatten sogar schon mal jemanden gefragt: „Willst du mit mir gehen?“ Wer dabei vor Aufregung feuchte Hände und einen knallroten Kopf bekam, schob die Frage per Zettelchen unter der Schulbank durch, auf dem man die passende Antwort ankreuzen konnte: „Ja/Nein/Vielleicht." Manche von uns schrieben auch längere Texte: „Ich hoffe, du willst später auch mit mir gehen. Ich denke nur noch an dich, seit ich dich im Bus gesehen habe. Rufst du mich mal an? Ich hoffe. Tschüß, ich muss jetzt Schluß machen. P. S.: Wie alt bist du eigentlich?"

Wer einen Freund oder eine Freundin hatte, lieferte damit vor allem einen Beweis für die eigene Attraktivität: Je besser der Partner aussah und je beliebter er war, umso höher stieg der Status. So waren die ersten Liebesbande auch recht fragil. Es brauchte selten triftige Gründe, um eine Beziehung zu beenden – es genügte, wenn einer Mundgeruch hatte.

Eine Liaison währte darum oft nur wenige Tage oder Wochen, aber in dieser Zeit hielten wir wann immer möglich Händchen. Manche Pärchen küssten sich scheu und mit spitzen Lippen. Andere knutschten auf dem Schulhof so demonstrativ, dass es schwer fiel, nicht zuzugucken. Jungs wählten ihre Angebeteten meist aus der Parallelklasse aus, Mädchen schwärmten für Buben der höheren Jahrgänge. Das ergab ein Dilemma, aus dem es für unsere gleichaltrigen Klassenkollegen keinen Ausweg gab. Zwar rächten sie sich für das Desinteresse, indem sie den Mädchen Kaugummi in die Haare schmierten, ihnen den Stuhl wegzogen und ihre ersten Tampons aus der Schultasche klauten, um sie durchs Klassenzimmer zu werfen. Aber dadurch wirkten sie natürlich nur noch kindischer. So blieb den Jungs nichts übrig als abzuwarten, bis die Mädchen aus den unteren Klassen begannen, sie anzuhimmeln.

Erste Liebeleien:
Jungs brauchten Geduld

Delikater als Gemüse:
Stockwürste aus dem Lagerfeuer

Als wir klein waren, liebten wir
Ferien auf dem Bauernhof

Verkochtes Gemüse im Ferienlager

In unseren frühen Kinderjahren stellten wir noch wenige Ansprüche an die Familienferien. Den wenigsten ging es darum, möglichst weit wegzufahren und ferne Länder zu besuchen. Manche reisten zwar nach Dänemark, Schweden, Italien, Frankreich oder Spanien. Den meisten aber genügte ein Campingplatz im Bayerischen Wald, ein Bauernhof im Harz, eine Ferienwohnung auf Borkum oder eine Pension in Österreich. Als Kleinkinder liebten wir es, immer an denselben Ort zu fahren. Spätestens auf Schulreisen merkten wir aber, dass es spannend war, neue Orte zu erkunden – vor allem, wenn man dabei nicht unter der elterlichen Fuchtel stand.

Nach dem Skilager fingen wir darum zu Hause an zu nörgeln, wenn es darum ging, das nächste gemeinsame Ferienziel auszusuchen. Nur brachte das wenig Erfolg. Ohne Eltern durften wir höchstens verreisen, wenn wir uns einer organisierten Jugendfreizeit anschlossen. Leider stellten wir dann fest, dass diese Ausflüge noch viel intensiver von Regeln bestimmt waren als Ferien mit Eltern.

In Geschichten eintauchen

Bevor die Sommerferien begannen, deckten wir uns in der Stadtbibliothek mit Lektüre ein. Wir schmökerten uns durch meterweise Schneider-Taschenbücher von „Hanni und Nanni“ und Kinderbuchklassiker wie Astrid Lindgrens „Pippi Langstrumpf reist nach Takatukaland“ und „Wir Kinder aus Bullerbü“, Paul Maars „Eine Woche voller Samstage“, Max Kruses „Urmel aus dem Eis“, Enid Blytons „Fünf Freunde“, Kurt Helds „Rote Zora und ihre Bande“, Michael Endes „Jim Knopf und Lukas der Lokomotivführer“ oder seine „Unendliche Geschichte“. Durften wir fernsehen, guckten wir kitschige Fernsehserien wie „Die Waltons“ oder „Bonanza“. Das Beste an Bonanza war der Vorspann, bei der eine Landkarte in Flammen aufging und die Ponderosa-Ranch der Mitte punkt der Welt war. Besonders angetan hatte es vielen auch „Unsere kleine Farm“. Wir fieberten mit, wenn die tugendhaften Farmermädchen Laura und Mary Ingalls mit Hilfe von Papa Charles in seiner lässigen Farmerlatzhose und der ewig engelsgleichen Mama Grace kleine und große Katastrophen meisterten. Mit Familiensinn, Gottvertrauen und hundekuchenguter Bescheidenheit, so lernten wir, kann man alle Probleme lösen – egal, ob Mary erblindete oder die böse Kaufmannsfamilie Oleson versuchte, das Dorf „Walnut Grove“ gegen die Ingalls aufzustacheln.

Als dann das Ekel J. R. ab 1981 in „Dallas“ seine ewig an ihrem Alkoholproblem herumlaborierende Frau Sue Ellen mit seinen Bosheiten traktierte, begriffen wir, was Häme ist. Sofort wurden wir Fans der weltweit erfolgreichsten Fernsehserie der 80er-Jahre. Um ja keine Folge der Ewing-Oil-Geschichten um Geld, Macht und Intrigen zu verpassen, sagten wir im Zweifelsfall Verabredungen ab. Die Soap um Miss Elli und Jock, Bobby, Pam, Cliff Barnes und Lucy, deren blondes Haar bis auf den Po hinabwallte, faszinierte uns und das Leben auf der Southfork-Ranch war in der Schule zeitweise Gesprächsthema Nummer eins. Wer die Serie nicht kannte, war out.

Ähnlich war es mit den Geschichten über den Denver-Clan, die das ZDF 1983 nach dem Publikumserfolg von Dallas sendete. Wenn sich Blake Carrington (John Forsythe), seine Gattin Krystle (Linda Evans) und Ekelpaket Alexis (Joan Collins) um ihre Ölfirmen stritten, ergab das nicht nur höchste Einschaltquoten. In der Mode wurde der Schulterpolster-Glitzer-Stil von Alexis und Krystle kopiert, einige Versandhäuser führten Denver-Clan-Kollektionen.

Bandsalat und amputierte Songs

Nachdem unsere Begeisterung für Kinderhörspiele nachließ, erwachte unsere Liebe zur Musik. Als am 24. April 1982 Nicole mit ihrem Titel „Ein bisschen Frieden" den „Grand Prix Eurovision de la Chanson", gewann, konnten wir uns dafür zwar wenig begeistern, ansonsten hörten wir aber alles querbeet: Neue Deutsche Welle, Kiss, Dire Straits und Iron Maiden, aber auch Chris de Burgh, Cat Stevens oder Kate Bush. Die ganz Coolen hörten Freestyle Jazz.

Das Radio wurde wichtig. Stundenlang schnitten wir die Top Ten der Hitparade mit und gaben den Kassetten anschließend Titel wie „Mixed Januar 1982". Die Moderatoren richteten sich darauf ein, dass die Finger ihrer Hörer stets über der Aufnahmetaste schwebten, um die Songs von Nena, Extrabreit, Frank Zappa, Phil Collins, Queen und Olivia Newton-John auf Kassette zu bannen. Deshalb ließen die Radiomacher stets eine kleine Pause zwischen den einzelnen Titeln verstreichen. Schleichend etablierte sich dann die Sitte, die Radiosongs ineinander übergehen zu lassen und noch dazu in die ersten und letzten Takte der Songs hineinzuquatschen. Wer unversehrte Lieder hören wollte, musste fortan die Schallplatte kaufen oder ausleihen. Aber wer rückte schon gern seine brandneue LP von ABBA raus? Erstens konnte man sie in dieser Zeit nicht selber anhören und zweitens wollte keiner das Risiko eingehen, sie verkratzt wiederzubekommen. Denn die wenigsten von uns besaßen einen richtig guten Plattenspieler – die Nadeln waren meistens durch die Hotzenplotz-Schallplatten-Ära ziemlich ramponiert. Am besten ließ man sich die Platte deshalb auf Kassette aufnehmen. Diese spielten wir dann so lange ab, bis sie leierte oder unser Rekorder Bandsalat aus ihr machte. Riss das Band, schnippelten wir ein passendes Stück Tesafilm zurecht und überbrückten damit die Lücke. Und damit unsere Kassetten ein wenig vom besonderen Flair der LP bekamen, entwarfen wir ein eigenes Design für die Kassettenhülle – manche zeichneten etwas drauf, andere klebten bunte Collagen aus Zeitschriftenwerbefitzeln, die wir aus „Bravo" oder „Mädchen" ausschnitten. Natürlich erst, wenn wir bei Dr. Sommer nachgelesen hatten, dass man vom Zungenkuss nicht schwanger wird und dann den Starschnitt an die Wand über unserem Bett geklebt hatten.

Unser Kassettenrekorder –
den Finger stets auf der Aufnahmetaste

Teil der NDW – Trio mit „Da Da Da“

Ich will Spaß, ich geb' Gas

Mike Krüger zog 1980 den Nippel durch die Lasche, Falco warnte ein Jahr später „Dreh' dich nicht um, der Kommissar geht um“, aber die „Neue Deutsche Welle“ überrollte uns erst ab 1982 so richtig. In vielem erinnerten die Songs an eine deutschsprachige Variante von Punk, New Wave und Rap, aber einen einheitlichen Musikstil gab es eigentlich nicht. Einzig verband die Künstler, dass sie ihren Mix aus Rhythmusmaschine und kühlem Synthesizer-, Gitarren- und Schlagzeugsound mit deutschem Text versahen und selten mehr als drei Hits landen konnten. Auch auf Minimalismus setzten manche, so wie Stephan Remmler mit seiner Band „Trio“, der wochenlang mit seinem monotonen „Da Da Da“ in den Charts blieb. Nena und Markus schafften es schließlich sogar, uns mit ihrem Film „Ich geb' Gas, ich will Spaß!“ ins Kino zu locken. Und die Feuilletons frohlockten, mit der NDW sei nach dem Krieg erstmals wieder deutschsprachige Musik in der Jugendsubkultur populär.

Und noch ein Musiktrend entwickelte sich in diesen Jahren: Hören und Sehen waren für die Medienmacher nicht länger zwei getrennte Dinge, und so kamen Musikclips schwer in Mode. 1981 ging der Musiksender MTV auf Sendung und ab 1983 konnten einige von uns im regionalen dritten Programm der ARD die „Formel Eins“ gucken. Später wurde die Sendung ins überregionale ARD-Programm integriert. Daraufhin hockten wir nicht mehr nur Samstagabend frisch gebadet und mit Nutellabrot auf dem Sofa, um bei „Wetten, dass ...?“ mitzufiebern. Wenn unsere Eltern uns ließen, eröffneten wir die Fernsehsession schon am Nachmittag und ließen uns zunächst von Peter Illmann, später von Ingolf Lück, Stefanie Tücking und Kai Böcking in die Formel-Eins-Musikwelt entführen.

Konkurrenz bekam unser Musikfaible, als Ende 1983 das E.T.-Fieber ausbrach. Bei jeder Gelegenheit hielten wir den gekrümmten Zeigefinger in die Luft, blickten ähnlich bekümmert drein wie der schrumpelige Außerirdische und wollten „nach Hause telefonieren“.

Die Hits Anfang der 80er

1980
Another Brick in the Wall – Pink Floyd
Video killed the Radio Star – Buggles
Der Nippel – Mike Krüger
Ashes to Ashes – David Bowie
Super Trouper – Abba

1981
Tainted Love – Soft Cell
Über sieben Brücken musst du gehen – Peter Maffay
Flash – Queen
Fade to grey – Visage
Der Kommissar – Falco

1982
Skandal im Sperrbezirk – Spider Murphy Gang
Ein bisschen Frieden – Nicole
Da Da Da – Trio
Baby Jane – Rod Stewart
Flashdance – Irene Cara

1983
99 Luftballons – Nena
Do you really want to hurt me – Culture Club
Bruttosozialprodukt – Geier Sturzflug
Too shy – Kajagoogoo
Vamos a la playa – Righeira

Briefpapier mit Erdbeergeruch

Mädchen waren zum Teil unglaubliche Quasselstrippen. Hatten sie schon im Unterricht so oft es ging miteinander geflüstert oder sich kleine Briefe geschrieben und für beides vom Lehrer Rüffel bekommen, gingen ihnen auf dem Nachhauseweg immer noch nicht die Gesprächsthemen aus. Und kaum hatten sie zu Mittag gegessen und das Gröbste an Hausaufgaben erledigt, riefen sie einander an. Dass sie stundenlang telefonierten, hielt sie nicht davon ab, sich danach noch auf eine Tasse Vanilletee zu treffen. Die Eltern beklagten sich über die hohe Telefonrechnung. Anfang der 80er-Jahre stand in fast jedem Haushalt übrigens entweder noch das langweilige graue Einheitstelefon mit weißer Wählscheibe oder eines mit Tasten. Diese Modelle waren oft grün oder orange und unterhalb der Tastatur war ein Schloss eingebaut. Wer ein Telefon mit Wählscheibe benutzte, blockierte diese mit einem Minivorhängeschloss.

Mag sein, dass unsere Freundinnendauertelefonate ob ihrer Kosten beunruhigend waren. Aber was das betraf, gab es noch eine zweite Herausforderung für unsere Eltern: Wenn wir uns in den Ferien verliebten und weit weg voneinander wohnten, blieb uns schließlich nichts anderes übrig, als zum Telefonhörer zu greifen und Ferngespräche zu führen. Nicht dass das genügt hätte.

Modische Peinlichkeit der 80er:
Plastikfliegen und Pullunder

Außerdem schickten wir auch alle zwei, drei Tage einen seitenlangen Brief ab. Dafür benutzten wir bunte Papierbögen, graues Umweltschutzpapier, Papier mit kitschigen Aufdrucken oder auch mal welches mit Erdbeergeruch. In den Briefen lästerten wir über Lehrer, fanden Prüfungen „echt ätzend", beschwerten uns mit „echt ey!" über unsere Eltern und Freunde und befürchteten, „kleben zu bleiben", sprich: eine Klasse wiederholen zu müssen. Und wenn unsere Noten nicht allzu gut waren, lag das sicher auch daran, dass wir unsere Briefe zum Teil während des Unterrichts schrieben: „Der Lehrer ist total behämmert, der labert die ganze Stunde und keiner hört ihm zu. Nachher haben wir Religion (kotz, würg)." Viele Briefe begannen wir mit einem „Wie geht es Dir? Mir geht es gerade nicht so gut, denn ich bin erkältet und die Schule ist mal wieder unerträglich." Am Schluss fand sich dann ein „Ich weiß jetzt leider nicht mehr, was ich dir schreiben soll, da meine Gedanken nur bei dir sind" oder „Ich muss jetzt leider aufhören, weil ich schwimmen gehe". Was nie fehlte, war das P.S. Darin wurden alle gegrüßt: Freunde und Freundinnen, Eltern, Geschwister, Haustiere.

Vom Topfschlagen zum Flaschendrehen

Mit unseren Eltern spielten wir drinnen Mensch-ärgere-dich-nicht, Malefiz, Schwarzer Peter, Rommee und Monopoly und draußen Federball, Tischtennis und Cricket. Als wir zwischen elf und dreizehn Jahre alt waren, begannen sich unsere Spiele mit anderen Kindern langsam zu verändern. Jungs schrubbten mit dem Skateboard über Bordsteinkanten, Mädchen sammelten Schlümpfe und kümmerten sich um ihre Monchhichis. Das Besondere an den braunen Knuddelwesen war, dass sich ihr Daumen in den Mund stöpseln ließ. Und: Diese Kreuzung zwischen Teddybär und Puppe gab es in der Buben- und Mädchenversion. Wenn ein Monchhichi-Junge das Monchhichi-Mädchen der

Wahre Größe zeigten wir noch lange nicht

Nur fliegen war schöner

besten Freundin heiraten durfte, war das ein großer Freundschaftsbeweis. Wichtiger als all das war aber, überhaupt ein Monchhichi zu besitzen. Hatten unsere Eltern in unserer frühen Kindheit nämlich die meisten Konsum-Klippen umschifft, so stellte sich jetzt heraus, dass ihr Nachwuchs sich doch von Marken beeindrucken ließ. Auf einmal machten wir einen Unterschied zwischen Geha und Pelikan, Puma und Adidas, Cola und Pepsi. Aber trotzdem: So erwachsen wir uns nach außen gaben, heimlich spielten wir manchmal noch mit Puppen oder Stofftieren und waren glücklich, wenn wir zu einem Geburtstag von jüngeren Freunden eingeladen waren. Ohne dass es peinlich war, konnten wir dann Topfschlagen, die Reise nach Jerusalem, Würstchenschnappen und Mumienwickeln spielen und noch einmal in die Kinderwelt eintauchen, aus der uns die Pubertät zu vertreiben begann. Feierten wir dagegen Geburtstage mit Gleichaltrigen, wurden die Dinge kompliziert, wenn einer das Zimmer abdunkelte, wir uns im Schneidersitz auf den Boden setzten und Flaschendrehen spielten. Die meisten von uns fanden es wahrscheinlich eklig, denjenigen zu küssen, auf den die Flasche zeigte. Aber alle machten mit.

Heiratsfähiges Kultobjekt: das Monchhichi

Wir konnten ihn nicht mehr aus der Hand legen, den Zauberwürfel

Yps, Slime und die Würfelitis

Wo wir gingen und standen, drehten wir ab 1981 wie besessen an einem Plastikwürfel. Dieser Zauberwürfel oder „Rubik's Cube" ließ sich so verdrehen, dass seine vier bunten Seiten sich zu beliebigen Mustern veränderten. In der Grundstellung sind die Steine so geordnet, dass jede Seite des Würfels eine einheitliche, aber von Seite zu Seite unterschiedliche Farbe besitzt. Egal ob im Bus, zu Hause oder unter der Schulbank – wir knobelten immerzu. Wer die richtige Bewegungsabfolge ausgetüftelt hatte, war einfach cool.

Nach etwa einem Jahr ließ die Würfelitis nach und kam dann später immer wieder in Mode – doch immerhin wurden in dieser kurzen Phase der 80er-Jahre etwa 160 Millionen von den bunten Knobelspielen verkauft. Ein ähnlicher Verkaufsschlager war „Slime".

Während der Zauberwürfel Konzentration forderte, war Slime zu nichts gut: Grün und wabbelig lag die Schleimmasse in ihrer neongrünen Tonne und sah eklig aus. Wenn man sie das erste Mal herausnahm, lag sie kühl und nass in der Hand. Aber je öfter man sie anfasste, die Wand herunterrotzen ließ oder irgendjemandem in den Nacken legte, umso schmutziger wurde sie. Der Dreck an unseren Händen, Wollflusen und Staubpartikel verwandelten den Glibber in einen unansehnlichen grüngrauen Klumpen. Da war auch die spätere Slime-Version nicht viel tauglicher, die schwarze Würmer in sich barg. In der Mülltonne landeten auch die meisten Gimmicks, die dem Comic- und Spielzeugmagazin „Yps" beigelegt waren. Denn viele waren öde und nur manche großartig. Gibt es zum Beispiel jemanden, aus dessen Tüte mit Urzeitkrebsen sich je etwas anderes entwickelt hat als eine übelriechende Brühe? Anders sah es mit dem Mini-Mikroskop aus und auch die Guillotine, mit der sich Karotten hacken ließen, war nicht schlecht. Der große Nachteil an Yps war aber, dass man es nicht wirklich teilen konnte. Micky Maus, Fix und Foxi und Tim und Struppi konnten wir zum Lesen weiterreichen. Seine Gimmicks rückte keiner raus.

Hermann und Vanilletee in der Strickphase

Feministisch angehauchte Mütter mussten sich in Frustrationstoleranz üben, als ihre halbwüchsigen Töchter plötzlich ihre häuslichen Seiten zu pflegen begannen. Die Mütter wurden bei der Jobsuche gefragt, was ihr Gatte dazu sagt, wenn sie arbeiten gehen, ob sie das Geldverdienen überhaupt nötig hätten und wie sie sich die Kinderbetreuung vorstellen. Und derweil backten ihre Töchter mit ihren Freundinnen um die Wette und tranken stundenlang aus blaugemusterten, zarten Chinaporzellan-Tassen miteinander Vanilletee. An diesen Nachmittagen – aber auch im Bus und in der Schule – strickten wir endlos lange Schals und viel zu weite Pullover. Beides hatte den Vorteil, unsere langsam wachsenden weiblichen Formen zu verbergen, die uns trotz Bravo-Lektüre suspekt waren.

Parallel zur Strickphase schafften sich viele Mädchen Unmengen an Zimmerpflanzen an. Neben unserem Bett wucherten Yuccapalme, Farn und Ficus, auf der Fensterbank platzierten wir einen Bubikopf, der dann entweder durch die aufsteigende Heizungsluft vertrocknete oder vergammelte, weil wir ihn dauernd gossen. Gleich daneben stellten wir hellgrüne, lilienartige Gewächse auf, die einen weißen Streifen in der Mitte der länglichen Blätter hatten. Egal, wie oft wir sie gossen, sie wucherten unermüdlich und bildeten Luftwurzeln mit kleinen Ablegern. Diese pflanzten wir dann in neue Töpfe und schenkten sie gemeinsam mit einem „Hermann“ weiter. Wir hatten meist selbst eine Portion dieses Sauerteig-Weizen-Mehl-Teiges bekommen und gaben nun, nachdem er ein paar Tage bei uns vor sich hingegoren hatte, einen Teil weiter – wie eine Art essbaren Kettenbrief. Einen weiteren Teil froren wir ein und aus dem anderen buken wir einen Hermann-Kuchen für uns.

Türkise Stulpen. Die Mode der 80er-Jahre kannte keine Gnade

Frieden schaffen ohne Waffen

Am 16. November 1980 unterzeichneten Millionen Deutsche den „Krefelder Appell“. Darin forderten sie die Bundesregierung auf, die laut NATO-Doppelbeschluss vereinbarte Aufrüstung nicht zu beginnen. Zudem verlangten sie von den Politikern, die Zustimmung zur Stationierung von Pershing-II-Raketen und Marschflugkörpern in Mitteleuropa zurückzuziehen. Stattdessen schlugen sie vor, die Abrüstung zum Ziel der Sicherheitspolitik zu machen. Der Krefelder Appell wurde zum Leittext der Abrüstungsbewegung, die mit vielen Aktionen in den 80er-Jahren Furore machte.

Borkenkäfer, Popper und Pickel

Camel oder Marlboro

Manche von uns machten eine erstaunliche Verwandlung durch. Hatten wir bisher an den Wänden Poster hängen, auf denen eklige Knochenhände Zigaretten ausdrückten und Slogans wie „Wer küsst schon gern einen Aschenbecher?“ für das Nichtrauchen warben, nahmen wir nun heimlich einen ersten Zug am Glimmstängel. Er schmeckte grauenhaft. Aber trotzdem hielten einige von uns von nun an immer öfter eine „Kippe“ zwischen den Fingern. Unsere Kleider stanken, aber wir stritten ab, geraucht zu haben. Das funktionierte nur so lange, bis unsere Eltern in unserer Jeansjacke ein Päckchen Zigaretten fanden oder zufällig sahen, wie wir an der Bushaltestelle eine schmauchten. Egal ob unsere Eltern selbst Raucher waren oder nicht – es folgten Vorträge über Raucherbein, Lungenkrebs und vergeudetes Taschengeld. Wir wussten

Chronik

1. März 1983
Die Uhrenmarke Swatch kommt auf den Markt.

10. Dezember 1983
Lech Walesa, der polnische Oppositionsführer und spätere Staatspräsident Polens, erhält den Friedensnobelpreis.

1. August 1984
Das Anschnallen wird auch auf Pkw-Rücksitzen Pflicht. Gurtmuffel müssen Bußgeld zahlen.

11. August 1984
US-Präsident Ronald Reagan versetzt die Welt in Schrecken, weil er bei einer Mikrofonprobe scherzt: „Die Bombardierung Russlands beginnt in fünf Minuten."

31. Oktober 1984
Die indische Ministerpräsidentin Indira Gandhi wird von Mitgliedern ihrer Leibwache erschossen.

4. Januar 1985
In London wird das Baby „Cotton" geboren. Es wurde künstlich gezeugt und von einer Leihmutter gegen die Zahlung von 24 760 DM ausgetragen.

11. März 1985
Michail Gorbatschow wird vom Zentralkomitee der KPdSU zum Generalsekretär gewählt.

7. Juli 1985
Boris Becker gewinnt als jüngster Spieler und erster Deutscher das Tennisturnier in Wimbledon.

28. Januar 1986
Kurz nach dem Start explodiert die amerikanische Raumfähre „Challenger". Die sieben Besatzungsmitglieder sterben.

27. Februar 1986
Der schwedische Ministerpräsident Olof Palme wird in Stockholm erschossen.

16. August 1987
Stefanie Graf gewinnt das Tennisturnier von Manhattan Beach. Sie löst damit Martina Navratilova als Nummer eins der Weltrangliste ab.

8. Dezember 1987
Reagan und Gorbatschow unterzeichnen ein Abrüstungsabkommen.

Zigarettenschachtel im Romantikzimmer – für uns war das kein Widerspruch

zwar, dass sie recht hatten. Aber das Gefühl, zu den Coolen zu gehören und sich in den zahllosen Momenten der pubertären Unsicherheit an etwas festhalten zu können, übte einen mächtigen Sog aus.

Die meisten legten sich auf eine Marke fest, je nach Typ. Die Benson-&-Hedges-Raucher hörten Musik von Slade und Scorpions. Wer Camel oder Marlboro bevorzugte, gehörte meist zur Lederjacken-Motorrad-Fraktion. Diejenigen, die Gauloises, Gitanes oder John Player Special rauchten, fanden weiße VW Cabrios und die Musik von Alphaville toll. Die ganz Hartgesottenen kauften Rothändle-Zigaretten ohne Filter, Nostalgiker griffen zu Overstolz und ökologisch bewusste Latzhosenträger drehten selbst – mit Drum oder Schwarzer Krauser. Die Mädchen, die es nicht so richtig ernst mit dem Rauchen meinten, aber sich lässig-weiblich geben wollten, rauchten Kim oder Eve, eine besonders lange, dünne Zigarette, die in einer mit Blümchen verzierten Schachtel verkauft wurde.

Ähnlich grässlich wie der erste Zug an der Zigarette schmeckte Alkohol: Asti Spumante, Bier, billiger Lambrusco, Apfelkorn oder süßliche Mixgetränke mit Gin, Batida de Coco, Campari, Martini und Blue Cura ao. Bis wir unsere Grenzen herausgefunden hatten, dauerte es eine Weile. Nicht selten verschwanden wir deshalb auf Partys irgendwann auf dem WC.

Viele Konfirmanden glaubten mehr an Geldgeschenke als an Gott

Eine Stereoanlage für den Erneuerungssegen

Familienfeste gefielen uns nur noch mäßig, aber um Kommunion oder Konfirmation drückten sich die meisten von uns nicht. Denn auch wenn das Tischgebet nicht zu den Alltagsritualen gehörte, so erwarteten doch viele Eltern, dass wir uns den Erneuerungssegen holten. Solche Familienfeste ließ man einfach nicht aus, auch wenn einige von uns wenig später in der Schule dann doch statt Religion den Ethikunterricht wählten. Für viele standen bei der Konfirmation und Firmung aber weder Familientraditionen noch christliche Werte im Vordergrund. Wir wollten die Geschenke haben, die es bei dieser Gelegenheit gab. Wer Glück hatte, bekam Geld oder eine Reise nach Rom geschenkt. Andere erhielten Kram für die Aussteuertruhe – Bettlaken, Kuchenplatten, Besteck, Tischdecken und hässliche Zinnteller. Von Herzen gewünscht haben sich viele von uns eine Stereoanlage.

Wir besuchten also einige Wochen den Kommunions- oder Konfirmationsunterricht. Dort lasen wir „Hallo Mister Gott, hier spricht Anna" oder diskutierten über die Erbsünde. Manche Pastoren gaben gute Antworten und machten mit uns tolle Ausflüge, so dass uns die Stereoanlage egal wurde. Andere Pfarrer hinterließen einen weniger guten Eindruck, weil sie uns nur das Glaubensbekenntnis, das Vaterunser und Psalm 23 auswendig lernen ließen: „Der Herr ist mein Hirte, mir wird nichts mangeln ..." Wir leierten den Psalm herunter und begriffen die Tiefe der Worte noch lange nicht.

Gefälschte Hitler-Tagebücher

Einer der größten Skandale der deutschen Presse spielte sich ab, als die Zeitschrift „stern" glaubte, Hitlers Tagebücher gefunden zu haben. Tatsächlich saß sie einem Betrug auf. So begann am 21. August 1984 vor dem Hamburger Landgericht der Prozess der Illustrierten gegen den Kunstmaler Konrad Kujau und den Journalisten Gerd Heidemann. Kujau hatte die Tagebücher gefälscht, Heidemann wollte den Coup entdeckt haben. Für 9,3 Millionen Mark kaufte die Redaktion Konrad Kujau 1983 das 62-bändige Werk ab. Untersuchungen des Bundeskriminalamts sowie der Bundesanstalt für Materialforschung und -prüfung bewiesen jedoch nach dem Deal, dass die Bücher gefälscht waren. Gerd Heidemann wurde zu vier Jahren und acht Monaten, Konrad Kujau zu vier Jahren und sechs Monaten Haft verurteilt.

Auf einer Pressekonferenz wurden die angeblichen Hitler-Tagebücher präsentiert

Cool sein um jeden Preis

Wer gute Noten hatte, musste keine Angst davor haben, eines Tages einen Brief in blauem Umschlag aus dem Briefkasten zu fischen, in dem die Eltern vom schlechten Benehmen ihrer Kinder informiert wurden. Gute Noten machten Lehrer tolerant. Wer miserable Zeugnisse nach Hause brachte, reagierte oft mit schlechtem Benehmen und kassierte dafür schriftliche Ermahnungen, die in manchen Bundesländern Tadel, in anderen Verweise hießen. Bei drei Verweisen musste man zum Direktor – beim nächsten Vergehen flog man von der Schule.

Je mehr der Schmuck glitzerte, umso besser.
Auch wenn die Ohrringe nur aus Strass waren

Zwar galten wir als die Null-Bock-Generation, aber eigentlich waren wir ziemlich normale Jugendliche. Wir suchten in kniffligen Fragen beim esoterischen Tischerücken Antworten aus dem Jenseits und kritzelten unser Lebensgefühl auf Schulhefte, Buchumschläge, Bussitze, Tische und Bänke. Keine Toilettentür im Jugendtreff, in der Schule oder in der Kneipe war sicher vor uns. Irgendjemand zückte immer einen Filzstift und verzierte möglichst viel freie Fläche mit Ottifanten, Sonnenuntergängen, Kreuzen auf Erdhügeln, Porträts von Punkern, zerrissenen Herzen oder dem Anarchie-Zeichen. Beliebt waren Sprüche wie „Wer früher stirbt, ist länger tot", „Hey, halt mal die Welt an, ich will aussteigen!" und „Warum die Zeit totschlagen? Es gibt doch Popper!".

Viele von uns bildeten Cliquen. Unsere Treffpunkte waren anfangs noch nicht Cafés und Kneipen, das war uns zu teuer. Denn wir trafen uns täglich, manchmal sogar mehrmals. Vor der Schule in immer derselben Ecke des Schulhofes. Nach der Schule an der Bushaltestelle. Am Abend an Baugruben, in Hinterhöfen, im Park oder auf Spielplätzen. Wer schon 16 war, ließ den Motor seiner geländegängigen Enduro knattern, die 15-Jährigen fuhren mit ihren frisierten Mofas vor. Die Mädchen hatten meist ihre Fahrräder dabei und ließen sich damit von den motorradfahrenden Jungs ziehen. Dabei fuhren die beiden Gefährte einigermaßen parallel nebeneinander her und die Mädchen hielten sich mit einer Hand an der Schulter des Jungen fest. Aber nur wenn der Typ das Mädchen richtig toll fand, zog er sie länger als ein, zwei Straßen mit sich mit. War sie nicht sein Fall, machte er recht schnell klar, dass er jetzt mal wieder mehr Gas geben und sie deswegen wieder selbst in die Pedale treten müsse.

Die Katastrophe von Tschernobyl

Am 26. April 1986 um 1.23 Uhr wurde im russischen Atomkraftwerk Tschernobyl bei laufendem Reaktor überprüft, was im Falle eines Stromausfalls geschähe. Die Notabschaltung schlug fehl. Eine Minute später explodierte der Reaktor. Er schleuderte radioaktive Stoffe rund 1200 Kilometer hoch in die Atmosphäre. Die Strahlung war so stark wie die von 400 Hiroshima-Bomben. Schon vier Tage später erreichte die radioaktive Wolke Süddeutschland und erste Warnungen vor verseuchten Lebensmitteln mahnten die Bevölkerung zur Vorsicht. Erst jetzt zeigte das sowjetische Staatsfernsehen ein Foto von der Explosion. Im August 1987 maß das Bundesumweltministerium in einigen Regionen der Bundesrepublik immer noch hohe Strahlungswerte bei Pilzen, Wildfleisch und Süßwasserfischen.

Haarspray und Bierspülung verhinderten, dass der Irokese schlapp machte

Popper, Punker, Ökos und Normalos

In den 80er-Jahren trugen wir Stulpen, Pluderhosen, Ballonröcke, Glockenröcke, Hosenröcke, Jeans mit weißen Streifen an der Seite und Blusen mit Fledermaus-Ärmeln. Netzhemden kombinierten wir mit Karottenhosen, Neonjacken und Cowboystiefeln, und weiße Tennissocken durften nicht fehlen. Im Winter schlüpften die Mädchen in Moonboots, setzten sich flauschige Ohrenschützer auf und kombinierten dazu einen Schlauchschal in Pink oder Türkis mit farblich darauf abgestimmten Handschuhen.

Man entschied sich, in welche Richtung man tendierte: Normalo, Öko, Popper, Punker oder Waver. Popper trugen einen sorgfältig zur Tolle frisierten, blond gefärbten Pony, Punker gossen sich Bier auf die Haare, um den Irokesen stachelig nach oben stehen zu lassen, und Waver trugen ein Haarschwänzchen im rasierten Nacken.

Auch welche fahrbaren Untersätze einer mochte, verriet neben seiner Kleidung viel über ihn. Wer George Orwells 1984 las, sich über das Waldsterben und den Borkenkäfer grämte, die Schule schwänzte und sich am Wochenende bei Demonstrationen gegen die Wiederaufbereitungsanlage in Wackersdorf ein blaues Auge holte, fuhr Fahrrad oder nahm öffentliche Verkehrsmittel. An den Füßen trugen

Pubertätshorror Tanzkurs – die Waver-Frisur versteckte die knallroten Ohren leider nicht

diese Ökos knöchelhohe Turnschuhe, Chucks, die bunten Leinenschuhe der Firma Converse oder Espadrilles. Zu Sweatshirt und verwaschener Jeans oder einem weiten indisch gemusterten Kleid wickelten sie sich zu jeder Jahreszeit ein selten gewaschenes, schwarz-weißes Arafattuch um den Hals. In der Hand trugen sie einen Beutel aus „Jute statt Plastik". Mit Aufklebern und Buttons stellten sie ihre politische Gesinnung klar: „Stoppt Strauß", „AKW – nein danke" und „Frieden schaffen ohne Waffen".

Wer dagegen weiße Golf Cabrios gut fand, lag tagsüber am heimischen Pool, lungerte abends mit ins Haar geschobener Sonnenbrille in einer Cocktailbar herum und strebte eine Banklehre oder ein BWL-Studium an. Diese Popper trugen Sweatshirts von Fruit of the Loom, Marco Polo oder einem University-of-Aufdruck, pastellfarbene Polohemden von Lacoste, gelbe Pullunder, schmale, weiße Lederbinder, Kaschmir-Schals, Bundfaltenhose von Fiorucci und Leinenschuhe oder superflache Collegeschuhe aus Wildleder. Dieser Stil lockerte sich, als Sonny Crockett in Miami Vice Drogenbosse mit einem Schuss zur Strecke brachte, ohne sich je dabei seinen verknitterten Leinenanzug oder sein T-Shirt mit Blut zu beflecken. Fortan stiegen die Popper in einem ähnlichen Dress in ihr „Erdbeerkörbchen", wie das Golf Cabrio wegen seines Abrollbügels hieß.

Dalli Dalli Herr Doktor!

Anfang 1984 ging Radio Luxemburg mit „RTL plus" (Radio Télé Luxembourg) auf Sendung, ein Jahr später machte „SAT 1" als erstes privates Satelliten-Fernsehprogramm Konkurrenz.

Die Deutschen regten sich vor allem über die vielen Werbeblöcke im Privatfernsehen auf, guckten aber trotzdem zu, wie Geschirrspülmittel der Maniküre diente („Palmolive – Sie baden gerade ihre Hände drin"), eine Frau mit nackten Brüsten für Fa-Seife warb, oder sich eine ganze Familie gutgelaunt ein Deo teilte: „Mein bac, dein bac, bac ist für uns alle da."

Auch bei Unterhaltungsshows und Spielfilmen schalteten alle neugierig ein, so dass die öffentlich-rechtlichen Sender um ihre Quoten fürchteten. Dabei gehörte der absolute Straßenfeger ab Oktober 1985 dem ZDF: Wenn Professor Brinkmann in der „Schwarzwaldklinik" eine Gutmenschenheilung nach der

anderen vollführte, verfolgten das jeweils etwa 25 Millionen Deutsche vor dem Fernsehgerät. Wer einen Videorekorder besaß, zeichnete die Folgen sogar auf und archivierte sie.

Auch die ARD ließ sich angesichts dieses Publikumserfolges nicht lumpen und startete im Dezember 1985 ihre Familienserie „Lindenstraße“. Wer nicht in Bayern wohnte, sah darin den ersten TV-Kuss zwischen zwei Männern – der Bayerische Rundfunk fand diese Szene nämlich so unsittlich, dass er diese Folge nicht ausstrahlte. Solche Anekdoten geraten allmählich in Vergessenheit, aber dafür wissen wir alle noch, wie der Satz „Sie sind der Meinung, das war …“ endet. „Dalli Dalli“ war schließlich eine der populärsten Fernsehshows des ZDF und wurde von 1971 bis 1986 gesendet. Aber so hoch wie Hans Rosenthal konnte wohl kaum einer von uns springen, während er „Spitze!“ brüllte.

Fernsehen fanden wir ziemlich gut, egal was gesendet wurde, aber ins Kino zu gehen war noch besser. Während des Films naschten wir Eiskonfekt oder Popcorn, danach aßen wir Hamburger bei McDonald's oder Fritten beim Wienerwald.

Hatten wir als Grundschulkinder mit Bambi gezittert, das aus dem brennenden Wald floh, bescherte uns nun Darth Vaders Röcheln hinter seiner schwarzen Maske im „Krieg der Sterne“ einen Gruselschauer. Und: Es gab in jeder Klasse mindestens zwei, die bei jeder Gelegenheit ganze Filmdialoge aus „Otto – der Film“ zitierten. Über 14 Millionen Zuschauer sahen 1985 in der DDR und der BRD zu, wie der naive Ostfriese seine Firma OSSI gründete („Ottis Super Service international“) und sich überlegte, dass sich Springböcke am besten verschiffen lassen, indem man ihre Beine in Eimern einbetoniert.

Die hundekuchenguten Beimers gehörten fast zur Familie

Tod in der Badewanne

Als der schleswig-holsteinische Ministerpräsident Uwe Barschel (CDU) am 25. September 1987 seinen Rücktritt erklärte, übernahm er damit die Verantwortung für die Affäre um die Bespitzelung des SPD-Spitzenkandidaten Björn Engholm für die bevorstehende Landtagswahl. Zugleich bestritt er jegliche persönliche Schuld. Knapp drei Wochen später verschafften sich zwei Reporter der Zeitschrift „stern" Zutritt zu Uwe Barschels Hotelzimmer in Genf. Sie fanden ihn tot in der Badewanne liegend. Laut Obduktionsbericht war der Politiker an einer Medikamentenvergiftung gestorben. Die Familie des Verstorbenen glaubte nicht an einen Selbstmord und ließ eine zweite Obduktion durchführen, deren Ergebnisse nicht veröffentlicht wurden.

Nur kurze Zeit modern: Orden in allen Variationen

Vorbilder und andere Katastrophen

Jungs benutzten „Cliff" als Duschgel, obwohl es an gewissen zarten Hautstellen verflixt brannte und besprühten sich mit dem billigen Parfum „Musk". Wenn sie es sich leisten oder von ihrem Vater etwas abzwacken konnten, griffen sie auch zu „Bogner for Man" oder „KL" von Lagerfeld. Mädchen hatten immer einen Labello-Stift bei sich, benutzten zur Not das preiswerte Drogerieparfum „My Melody", standen aber eigentlich auf das schwer duftende „Poison" von Dior. Beim Deo verließen sie sich auf „Impulse".

In der Schule wurde es langsam ernst. Haupt- und Realschüler machten bereits ihren Abschluss und mussten sich eine Lehrstelle suchen, Gymnasiasten wählten in der Oberstufe ihre Leistungskurse. Gute Noten bekamen einen besonderen Stellenwert, weil sie in das Abiturzeugnis eingerechnet wurden. Manche von uns steckten aber noch in der spätpubertären Rebellenphase und nahmen die schulischen Anforderungen nicht immer allzu ernst. Wie konnte man sich auch auf Integralrechnungen konzentrieren, wenn Fastfoodketten den Regenwald vernichteten, der Borkenkäfer den heimischen Wald auffraß, die Klimakatastrophe nahte, Pershing-Raketen stationiert wurden, der explodierte Reaktor in Tschernobyl halb Europa verseuchte und in Äthiopien Kinder um ihr Leben rangen? Wir wollten etwas gegen das Elend der Welt unternehmen. Aber stattdessen gewann Boris Becker das Turnier in Wimbledon und wir mussten im Deutschunterricht Aufsätze schreiben. Thema: „Brauchen wir Vorbilder? Erörtere das am Beispiel von Boris Becker."

Im Sturzflug zum Kreml

Mathias Rust war nur ein Jahr älter als wir, als er am 28. Mai 1987 mit seiner kleinen Cessna auf dem Roten Platz in Moskau landete. Mittags startete er in Helsinki und durchflog unbehelligt 800 km sowjetischen Luftraum. Die Russen waren von seiner Aktion überhaupt nicht begeistert. Verteidigungsminister Sergej Sokolow wurde daraufhin pensioniert und der Luftabwehrchef Alexander Koldunow abgesetzt. Mathias Rust wurde vier Monate später zu vier Jahren Arbeitslager verurteilt, aber im August 1988 begnadigt.

Ferienjobs und Backgammon

Je älter wir wurden, umso mehr wollten wir finanziell von unseren Eltern unabhängiger werden. Sie um Geld bitten zu müssen hieß, ihnen Kontrolle über uns zu geben. Schließlich rückten sie selten einen Pfennig raus, wenn wir ihnen nicht verständlich machen konnten, warum unser Portemonnaie

Bodenständige 80er: Dauerwelle,
Walkman und an Silvester Fondue

schon wieder leer war. Vor allem wer sich teure Kleider leisten wollte, rauchte, andere auch mal auf eine Cola einladen oder sich regelmäßig mit Freunden bei heißer Schokolade und einer Partie Backgammon im Café treffen wollte, kam da um einen Ferienjob nicht herum. Kellnern kam erst für Volljährige in Frage, die anderen mussten sich in anderen Nischen etwas suchen. Egal ob man Werbeblättchen austrug oder Autos wusch – an einen Job kam man oft durch Mund-zu-Mund-Propaganda und Empfehlungen. Der Bekannte des Vaters suchte Hilfe beim Hausbau? Schon schleppten die Jungs Ziegel oder montierten Stromkabel. Eine Freundin belegte am Fließband Hamburger für die „Heiße Hexe“ mit Gürkchen, Zwiebeln, Ketchup und Senf. Für eine weitere Schülerin hatte der „Kapo“ noch Platz. Die Sommerware der Kaufhäuser musste mit Etiketten ausgezeichnet werden? Vier Wochen hockten wir uns bei Neonlicht in einen großen Keller und tackerten für acht Mark die Stunde Preisschilder fest. Unendlich dehnte sich die Arbeitszeit. Und jeden Abend schlichen wir nach Hause und fragten uns, wie wir den öden Job ertragen sollten. Aber das Wissen um die 1000 Mark, die wir nach vier Wochen einstreichen würden, ließ uns durchhalten.

Und dann näherte sich endlich unser achtzehnter Geburtstag. Wir lernten für den Führerschein und sparten auf ein eigenes Auto – einen gebrauchten Golf, einen VW Käfer, einen Fiat Panda oder eine Ente. Begeistert kurvten wir mit unseren Eltern oder Freunden, die bereits ein Auto besaßen, auf dem Verkehrsübungsplatz herum. Anschließend absolvierten wir wochenlang mit dem Fahrlehrer an unserer Seite die vorgeschriebenen Nachtfahrten, Stadtfahrten und Überlandfahrten und hingen uns für die theoretische Prüfung ins Zeug. Sobald wir den damals gerade eingeführten rosafarbenen „Führerschein auf Probe" ergattert hatten, waren wir endlich mobil. Wir feierten unseren 18. Geburtstag, füllten stolz unseren ersten Wahlzettel aus, manche zogen zum Studieren oder Arbeiten in eine andere Stadt. Unsere Eltern waren noch längst nicht pensioniert, aber wir fanden sie trotzdem schon ziemlich alt und eingefahren – vor allem, wenn sie nostalgisch von ihrer Kindheit und Jugend erzählten. Wir werden nicht so, da waren wir sicher. Bis wir uns dabei ertappten, in Büchern wie diesem zu blättern.

Weg mit der Mauer

Zwei Jahre vor dem Fall der Mauer begehrten Jugendliche in der DDR bereits öffentlich auf. Im September 1987 versuchten 3000 Rockfans vom Brandenburger Tor aus ein Konzert anzuhören, das vor dem Reichstagsgebäude in Westberlin stattfand. Daraufhin kam es zu schweren Auseinandersetzungen zwischen den Jugendlichen und der Volkspolizei. Die Sicherheitskräfte versuchten, die Rockfans zu vertreiben. Aber trotz massiven Polizeieinsatzes war unüberhörbar, dass die Jugendlichen den Abriss der Mauer und Freiheit forderten.

Unbändige Neugier aufs Leben

Nach der Schulzeit lag das Leben noch vor uns. Alles war offen, vieles möglich. Wer es sich leisten konnte, ging vor Ausbildungsbeginn noch ein paar Monate auf Reisen, jobbte eine Weile, studierte im Ausland oder arbeitete als Au-pair.

Viele hatten den Mut, ihren künftigen Beruf nach Neigung und nicht nach der vermuteten Nachfrage zu wählen. Vielleicht ist das der größte Luxus unserer Generation: Die wenigsten von uns mussten Entbehrungen durchmachen, wie sie noch unsere Elterngeneration geprägt hatten. Wir konnten es uns leisten, vieles auszuprobieren und sind dadurch selbstbewusst geworden. Deshalb fiel es uns auch nicht schwer, Werte über Bord zu werfen, denen sich unsere Eltern noch verpflichtet fühlten. Dabei waren wir nicht wählerisch: Verkaufsoffene Sonntage sind uns näher als Gottesdienste mit anschließendem Sonntagsbraten in der „guten Stube“. Aber wir verlassen uns auch nicht auf die antiautoritäre Erziehung, sondern setzen bei unseren eigenen Kindern lieber klare Grenzen. Ob sie uns dies einmal vorwerfen werden? Vielleicht geht es ihnen ja einmal wie uns heute: Je größer der zeitliche Abstand zu unseren Sturm- und Drangjahren, desto versöhnlicher wird auch der Umgang mit den eigenen Eltern.

Blick nach vorn:
Es fiel uns nicht schwer, althergebrachte Werte über Bord zu werfen